青春の期節

——下町に捨てた夢 拾った夢——

嵩野眞弓

元就出版社

青春の期節

―下町に捨てた夢　拾った夢―

【目次】

絶望の生還

「もう三度目は駄目だぞ」

毛むくじゃらで、はち切れそうな太い腕が半袖の白衣からはみ出している。その腕を胸の前で大きく組んで、いつものようにお説教が始まった。

そこは北沢外科病院の病室。目の前の大男は、院長の北沢伝三と古風な名前を持った男気の強い外科医だった。

「大体な、睡眠薬自殺ってえのは、一度失敗すりゃ懲りるもんだ。あんな苦しいことを二度もする奴があるか。しかも、おまえはただで両親から命を貰ってきたと思っているだろうな。確かに両親はおまえを生んでくれ育ててくれた。それはそれで大変なことだったと思うよ。だがな、その寿命はおまえの両親が決めたことじゃない。もちろん、おまえが決めることでもない。だあれも決められない。それは天が決めることなんだ。それを神様だという人もいる。神様と言うといろいろ差しさわりの人もいるから、天と俺は言うんだ」

大きく肉厚の掌が、亮太郎のぼさぼさに伸びきった髪の毛をごしごしと乱暴に撫でた。

「ま、そんなことだ。とにかく命は大切にするものだ。命は天からお預かりしたものだ、天がお許しにならなきゃ死ねないんだ。だから三度目は天にお任せしな。いいな」

口元に微笑を浮かべて亮太郎の目を覗き込んだ。口元は微笑んでいたが、太い黒縁眼鏡の奥の目は真剣さを帯びてきらきら光っていた。

今日でこの病院ともお別れだ。ドクターは本気で心配してくれている。ベッドの端に腰を掛け両足をぶらぶらさせながらドクターの気迫に押されて答えた。

「分かったよ、そうするよ」

本当にそうかもしれない、今回はきっちり致死量を飲んだのに死ねなかった。

「ドクター、あんたの言うとおりに生きてみるよ。心配するなって」

「馬鹿野郎、その口の利き方があるか。分りましたって言うんだろうが」

怒鳴ってひと息入れる。膝に乗せた両腕をぐっと伸ばす。ゴリラが身を乗り出して威嚇するような格好で顎を突き出す。

「まあ、いい。

この次、何か行き詰まったら薬を飲む前に、この俺の顔を思い出すこった。……しかしな、彼女は死んじまった。いろいろ世間はうるさいぞ。でも人の言う噂なんか気にせず頑張れ」

それを言われるのが一番堪える。

無影灯の手術台の上で苦しみのたうち回って幾日か過ぎ、気付いた時、自分だけ生き残ったと知らされた時の絶望感がまた蘇った。

「彼女の分まで生きなきゃな。それがお前の人生だ」

ドクターは追い討ちを掛けるように冷酷な言葉を続ける。

「世間はもっと酷いことを言うぞ。いちいち気にしていちゃいけない。無視して生きろ。いいな、これが最後だ。行け」

「ありがとうございました、頑張ってみます」

ベッドから降りて丁寧に頭を下げた。

下げた頭を肉厚な大きな掌がもう一度ぐりぐりと乱暴に撫で回すと、ドアーを開けてドクターが出て行った。

一ヵ月慣れ親しんだ狭い部屋を見直す。粗末な鉄パイプのベッドと、スチィールのスツールが二つだけだった。周りには自殺予防のために紐や、しっかり布に包まれた金属の他は何一つ見当たらなかった。枕辺に机もなかった。

古い病院だった。高い天井は白い漆喰で固められ、蛍光灯が一本天井に嵌められていた。周りの壁も全て白で塗られ古いけれど清潔感があった。高い天井の近くにある鉄枠のガラス窓のガラスは下が磨《すり》ガラスで、外の景色は空が見えるだけだった。

その窓にはカーテンの替わりに黄ばんだブラインドが外の景色と音と光さえも断ち切って吊るされていた。外部と完全に遮断されて、心身共に健全に立ち直れるように配慮されていた。

甘える心算《つもり》はなかったが、ゆっくりした時間が持てた。

死んでいった森下里枝を「仁丹」と愛称で呼んでいた。彼女と始めて会った日、亮太郎は恋しい人と別れた日だった。

それが失恋だったなんて亮太郎は仁丹に会うまで分かっていなかった。今でもよく分かっていない。恋愛という人を愛することがどんなことかが分っていなかった。その人を思う時、ただ胸の奥が苦しく、心臓がどきどきして隣の人に聞こえるんじゃないかと恥ずかしく思うほどだった。

人から愛されることは子供の頃から知っていた。愛されることに馴れて愛することに晩生《おくて》だった。その人もまた幼い時から周りの愛をいっぱいに受けて育って、人を愛することに不馴れだった。

その二人が恋に落ちた。

周りがいらいらするほど二人はぎこちなく、おどおどするばかりだった。そして二人はとうとう、その息苦しさから逃げ出してしまった。

無理やり学生らしい目的を見つけ出すことに必死になった。その女《ひと》は目的が見えると、のめりこむように法律家の道に入っていった。

一方の男は目的を見つけ出す気力を失うほどに恋に押しつぶされていった。そして現実から逃げ出すことしか出来なかったただ、子供の頃から両親の揃った家庭に人一倍の憧れがあった。

自分は子供を残して死ぬような家庭は創るまいと思った。

いつしか両親が揃った家庭が男の夢となった。目的の見つからないうちに夢がそれに置き換わっていった。

〈夢が叶うまで、もう二度とこの娘に会わないことにしよう〉

そう決心して、その娘と決別した。

そんな夜、寂しさがふと立ち寄らせたバーのカウンターが「仁丹」を引き合わせた。飲めないくせに強がって「オンザロック」を重ねた。

「無理しないほうがいいと思うけど、学生さん」

辛い胸の内を言葉巧みに引き出してくれた「仁丹」が、そっと耳元で囁いた。

「誰でも失恋は辛いけどね。あたしが付いていてやるからさ。まかせなさい」

夢うつつの中で聞いていた。

「そうか、これが失恋っていうのか。胸が苦しかったのは恋だったのか」

酒で意識の消える中で、この娘ならなんでも分ってくれる。その喜びが湧き上がってきた。

正体をなくして酔いつぶれた男の心の中を覗いた「仁丹」が、それから寄り添ってくれた。別れた娘、出会った娘、同じ女性なのにどうしてこんなに違うのだろう。

別れた娘は宮元瑠璃といった。

初めて会った時、亮太郎は自分と同じ不良高校生に殴られ蹴られていた。いつも自分がしていることを仕返しされていた時だった。その現場に出くわした瑠璃が大声を出して助けてくれた。

それ以来、お互い励まし合う仲で大学生活に入っていった。

瑠璃と会っている時はいつも良い子になっていた。しかし、良い子でいることの苦痛を感ずることはなかった。

明日に向かってあるべき事を語るのが好きだった。楽しかった、明日また会うのが待遠しかった。でも「一緒に暮したい」とは思わなかった。

酔いつぶれて仁丹の部屋に担ぎ込まれ、眼覚めた時は不思議にも、このままここにいたいと思った。

「ここにいても、いいかな？」

おずおずと聞いた。少し間を置いて、

「私の周りに今、変な男がいるの。もう少しで別れることが出来るの、それまで待てる」

「君がそうしろって言うなら出来るよ」

「あんたって素直な人ね。こんな男、今まで会ったことなかった」

「そうかい、男って皆こんなじゃないかな」

「違うね。男っていつも女に対しては身体を欲しがるか、お金を欲しがるかどっちかよ」

そう言った彼女の目の奥には怨みと憎しみが燃えていた。

「悪かった、ここにいたいって言ったのはそんなじゃないんだけど、ごめん」

「ううん、あんたに言ったんじゃないの。あんたは別よ。でもちょっとの間、待っててね

……ところでさ、お互いまだ名前も聞いてなかったよ」

「僕は社亮太郎、やしろは神社の『社』って書く」

「珍しい苗字ね、私は森下里枝」

「森下さん。森下はさ、やっぱり名前は仁丹じゃなきゃ」

「え、なに、仁丹。それって、お口さっぱり清涼剤の仁丹」

「そう、君の気性がさ。やっぱり仁丹だよ」

「そっか、それもいいね。じゃ私は今日から仁丹になろう。よろしくね」

他愛もなく握手して、ハグハグし合って、笑って一組のカップルが出来た。

森下里枝が生まれ育ったのは、東北の杉の森に囲まれた山里だった。

父親は東北の人らしく必要なことさえ喋らないほど寡黙な人だった。母は寡黙な父親を気遣って主人の役割まで頑張る人だった。里枝が物心ついた頃には、家には常に父親がいた。一日中、父親の膝が彼女の居場所だった。

そんな生活に疲れたのか、ある日母親は家に帰ってこなかった。幾日待っても母親は二度と里枝と父親の前には現われてくれなかった。人の言葉に敏感になった年頃に、母親が若い男と一緒にこの村を出て行ったことが分かった。

しかし、顔もよく覚えていない里枝にとっては、その話も他人のことを聞いているような気がした。寡黙な父親が側にいてくれればそれでよかった。父親の煙草と日向の匂いに包まれていればそれで心が安らぐのだった。

中学校の卒業が近づくと、父親は高校入学を勧めたが、あと三年周りから受ける冷たい視線に耐えることの苦痛を考えると、一日も早くこの山間の村を出て行きたかった。
父親の寡黙が里枝の上京を許すこととなった
父親と離れてもいつも手紙が二人を結んでいた。
鉛筆の先を舐めながら書いたと思える字が里枝に心のやすらぎを与えてくれた。身に起こった一つひとつを何も隠さず、東北の空の彼方に書き送ってやった。それが父親にとって楽しいことか、苦しいことかは別だった。全て知らせることが子供の務めだと思っていた。

瑠璃と会うのは楽しかった。仁丹と会うと心が落ち着いた。

難しい男と、ごたごたがしばらく続いたような気配がした。

仁丹の口から愚痴、泣き言は一度も出なかった。

「大丈夫かい」

「大丈夫、あんたが気にすることないの。いつものことよ、馴れてるから。でもこんなこと馴れちゃどうしょうもないけどね。私は軽率だから」

あっけらかんとして楽しそうな顔を見ると、何となく納得してしまう。

「でもね亮、あんたとはこうはならないからね。仁丹ちゃんは意外としつこいからね」

本気か冗談か見当も付かずに振り回されていた。それが結構楽しかった。

「俺の夢が叶う。意外と近くにあったじゃないか」

心の内に幸せが満ちてくる実感があった。愛されることに馴れた者の幸せだった。仁丹の心配りに気が付かなかった。

「亮、あんた学校はどうするの」

「勉強の目的が見つからない、見つかるまでは行かないことにする」

「大学ってそんなところなの」

「そお、自分が学びたいこと、研究したいことがないと学校に行っても意味がない。学びたいことが出てくるまでは、お休み」

「いつになったら出てくるの」

「分らない。今日かもしれない、明日かもしれない、十年先かもしれない」

「一生出てこないかもしれないわけ」

「あるいわね」

「大変だ、えらい奴と一緒になったもんだ。私は軽率だから」

真顔で呆れ返っていた。

「でも二人で食べていかなきゃならないのよ。どうする」

「何とかなるんじゃないの。いつもそうして生きてきたよ。仁丹が心配なら何か適当な仕事を探してくれるか。頼むよ」

「そうね、適当に心当たりを当たってみるわ」

命、そして黄泉行

社会生活の先輩は全てにそつがなかった。仕事の話が出て二、三日経つと何気なく仁丹が切り出した。

「亮、私と一緒の職場じゃ気が滅入るかな」

「別に、君と一緒のほうがかえって新人の気遣いがなくっていいかも」

「じゃ、オッケイね。ママのお店、洗い場の手が不足してるの。それにあのお店、男の子がいなくてちょっと無用心なんだよね。亮に用心棒は無理なのは分ってるけど、いないよりはいいじゃない。それにいかにも用心棒ていうのも困るしさ。それで亮が丁度お誂え向きっていうわけ。不足……」

「仁丹が良いて言うなら何でもいいよ。世間知らずだから、これも社会勉強だと思うよ」

「じゃママにオッケイしとくね。水商売は簡単じゃないからね。甘く見ちゃ駄目よ」

その日の「Ｂａｒ　灯」のカウンターの中に三人のホステスに混じって男が一人、入っていた。

「おや、ママの息子さん」

「こんな大きな子がいるわけないでしょ。私はまだ独身よ。もっとも誰も貰ってくれないからだけどね」

常連の客はみな偏《ひとえ》に軽口を叩いてカウンターにかじりついた。

亮太郎はただ生真面目な顔で流しの前で手持ち無沙汰に、何度も蛇口を捻って水を流した。酔うにつれ客は声高に今日の話、法螺と思える昔の話、そして期待に膨らむ明日の話が際限なく続いていった。

紫に霞むタバコの煙、酔った客の大きな声、その間に流れるＢＧＭの響き。雑然とした騒音の中、酔って絡む客。そこをそつなくこなして、客の機嫌をとってゆく仁丹の話術に感心する。

「兄ちゃん、学生か」

「はい、一応は」

「大学生、何年生だい」

「今、休学中です」

「なに、休学中、また何で……。駄目だよ遊んでちゃ。真面目に学生しなきゃ。今の日本にはそんな余裕はないんだよ」

「はぁい、秋本さん、ひ弱な学生さんに厳しい言葉は禁物よ。私とお話しましょうね」

酔っ払いの扱いの分らない亮太郎を後ろに庇うように、仁丹が大きな声と陽気な身振りで助け舟を出した。

「ちょっと後ろでグラス拭いていて」

耳元で素早く囁くと亮太郎の背をそっと押してくれた。そんな二人をチラッと見咎めるような眼差しが亮太郎の目の隅に止まった。仁丹よりちょっと静かな美貴と呼ばれた娘だった。隅の客と静かな声で応対していた。

そんな客が何回か入れ替わって夜が更けていった。

〈人間一人が生きていくって、なんて大変なんだ〉

女三人が面白そうに客に対する迫力に押されていた。

〈母もこんな思いで俺を育てたのかもしれない〉

田舎に残した母が懐かしく胸に蘇った。

〈田舎を棄てた今、二度と会えないだろう。諦めよう〉

頭を振って気持ちを変えた。

「どう、上手く勤まりそう」

帰り道、絡めた腕を振りながら仁丹の眼が亮太郎の目を覗き込んだ。

「何とかなると思うよ。とにかく生活しなきゃならんから」

「嫌なら辞めてね、亮一人ぐらい私が食べさせてあげるからね。いつまでも夢を見ていないで目的を見つけなきゃね。大丈夫」

　カウンターに立って二、三ヶ月が過ぎ、気疲れが身体から抜けた。毎日毎日酔っ払いが愚痴と法螺話と、どうでもいい世間話におだを上げていた。社会に渦巻く不平と嫉妬と不公平が耳に入ってきた。憶えなくていい知識だけが、日々頭の中に蓄積されていった。

　毎晩集まってくるお客の振分けも自然に決まって、女性客が来れば亮太郎の担当になった。そんな日の帰り道はぎこちない会話になった。お互いに気まずい思いをする。

　仁丹にしつこい客のあった日の帰り道は亮太郎の口は重くなった。お互いに疲れていた。相手を思いやる前に愚痴やら、嫌味やらが先に口を突くようになった。仁丹との会話が心と違ってちぐはぐになっていった。

「亮、ほかの仕事に就きたいけど、私を雇ってくれるところは『灯』しかないの。こんな女は棄てて亮は夢を追っていたほうがいいかも」

「確かに思っていたより仕事はきついけど、俺は今、仁丹を失くしたらどうなる。お互いに疲れているだけさ、ゆっくり休めばまた元に戻れるさ」

「ならいいけど、ただ亮には刺激が強すぎるかなと思って……、亮は誰にも優しいから。私だけにしておいてくれるといいな」

「気を付けるよ。少しでも売り上げになればって、思ってさ」

「それが優しいのよ、適当に仁丹ちゃん見習って」

互いに微笑んで話は終わった。

一枚の布団に抱き合うと酔いが二人を夢の中へ誘いにきた。

今日も酔っ払いがカウンターに止まっていろんなことを囀《さえず》っている。以前ほどお喋りに注意が向かなくなってきた。

〈もう少しアカデミックな言葉が聞きたいな〉

シンクの中のグラスを洗いながら、ふと思った。

「兄ちゃん、何を真剣な顔をしてんだよ。今夜のセックスどれにしようかってか。図星だろう」

「え、ええ、まあね」

むっとする気持ちを抑えて曖昧に笑ってごまかす。客は今日一日の仕事を終えて、ここにストレスを棄てに来ている。俺はここで明日の生活を懸けて真剣に客に接している。

〈俺はストレスをどこに棄てたらいいんだ〉

手にしていたスポンジたわしをシンクの水の中にそっと叩きつける。

「お客さん、僕に一杯ご馳走して下さい」

お客の前のビールをせがんでグラスを突き出す。

「いいよ、一人で飲むより相手がいてくれるほうが酒は旨い」

「お客さんはうちの店は初めてですよね。以降ご贔屓に願いますよ」

初めて商売言葉がすらすらと飛び出した。周りを見ると、ママも仁丹も美貴ちゃんさえも、珍しいものを見るように亮太郎の顔を見ていた。

〈アカデミックな言葉が欲しい〉

心が叫んでいた。

〈学校に戻ろうか。でも何をしに、目的が見つかったか〉

自分の中の自分が呆然としていた。学生でありながら社会人の端っこにぶら下がっている。店の中で聞く社会が社会の全てと思って、日々に社会を毛嫌いしていく。

普通の社会人のような顔をしながら、本当の社会を知ろうとしない。毛嫌いで自分の周りに高く厚い壁を造ってしまっていた。

しかし、考え直して、時にその壁を壊そうとしてほんの少し指先で触ってみる。冷たくて、堅い無機質な感覚だけが指先に伝わってくるだけだった。

〈アカデミックな雰囲気に浸ってみたい〉

心底思う。

〈活字が見たい〉

しかし、周りに造った壁を崩す勇気は湧かなかった。

「亮、勉強がしたいの。学校が恋しいの」

「別に学校が恋しいんじゃない、今の自分の周りに活字がないのが辛いだけさ」

「私は学歴がないから分らないけど。亮が学校に戻ると私とはもう縁がなくなるね」

「どうして?」

「だって大学卒業の旦那さんと、義務教育だけの奥さんじゃ釣合わないじゃない」

「俺は学歴が欲しいんじゃない、ただ自分の目的が欲しいだけさ。大学で目的が見つかれば卒業なんかどうでもいいのさ。履歴書に中学卒業って書いたっていいのさ」

「難しいことは分らない。でも亮、仁丹が好きなら大学へ行かないで、お願いだから」

「二人が生きるためなんだよ。でも仁丹の気持ちを壊すようなことはしないつもりさ」

「でも無理はしないで。亮の足手纏《まと》いにならないから」

「心配するなって」

軽く唇を吸って微笑んだ。


新緑と花に溢れた季節が過ぎると、どんよりとした空の続く梅雨に入っていった。

開店時間が近づき「灯」のドアーを開ける。

昨夜、反吐のように吐き出していった酔客の雑多なわめき声が、悪臭となって店に充満している。店の中の昨夜の悪臭を反吐にして大きく開いたドアーの外に吐き出す。店の中は梅雨の湿気と悪臭で神経を苛立たせる。

開店前から不愉快な顔は禁物、と言い聞かせる。音もなく降り出す小糠雨が客足を遠ざける。ＢＧＭだけが店の中を満たして夜が更けてゆく。

「この時期はいつもこんなよ。気にしないで」

言っているママが一番苛立っている。

〈これでいいのか。ここで時間を縛られていていいのか〉

また自分が問いかけてくる。

〈じゃどうすればいい。おまえは今、社会を信用できるのか〉

目の前のシンクの水をじっと見つめる。

眼の隅に心配そうに見詰める仁丹の視線が痛い。

街灯の光が小糠雨に靄《もや》っていた。黒く濡れた夜更けの歩道に二人が縺《もつ》れるような影を落として、小さなビニール傘が遠ざかって行った。

ゆっくりとお互いの愛を確かめ合うような長い抱擁が終わって、二人はそれぞれの考えに浸っていた。

「亮、やっぱり仁丹はあんたからは離れられないわ。迷惑だろうね。でも付いてく」

「ちっとも迷惑じゃないよ。君がいてくれたほうがどれくらい心強いか」

「本当に」

「嘘は言わない」

天井を見上げながら互いに手を探った。

手を握って温もりを確かめると心が休まった。そしてしばらく互いの脈をその掌に感じていた。

「仁丹は亮と一緒にいたいから、最後は亮を殺そうかって思ってたわ」

「そうか、死んでしまえば今のように悩まなくてもいいんだよな。仁丹、俺はね、小さい時から両親が揃った家庭が欲しかったんだ。でも望むほうが無理だったから、いつか自分が家庭を持ったら、子供を残して死ぬようなことだけはしたくないと思ったよ。それだけが今の俺の夢だな。でも実現できるかどうか」

「私は母さんがいなかった。そして亮と同じことを思ってた。同じ夢だった」

仁丹が握っていた手をそっと自分のお腹の上に導いた。亮太郎の耳にそっと囁いた。

「ここに赤ちゃんがいるの。三人でもっと静かなところに行きたいの。誰も知らない誰にも邪魔されないところに。分かる、亮」

仁丹が何を言いたいのか分かった。

「疲れたな、全てが。そして俺も。少し休養が必要だな」

頭の中がスーとした。

「それで、方法は」

亮はさりげなく聞いた。

「薬なら用意してある」

「よく手に入ったな。今は薬屋も結構うるさいだろ」

「うん。でもいつも来る薬屋のおじさんがさ、亮が頭痛持ちだって言ったらよく眠れるようにって、売ってくれたの」

「じゃ、そのおじさんに感謝しなきゃ」

飲み下してそっとベッドに横たわると、仁丹の左手が亮の胸を抱いてきた。亮の脇腹に柔らかい小さな乳房が押し付けられ、左の太腿に仁丹の陰毛が柔らかな筆でひと刷毛《はけ》した感触があった。こんなに小さな乳房だっけ。柔らかな陰毛だなと思った時、睡魔が死の淵に連れにきた。

あの日、あの部屋

梅雨明けの夏の陽が病院の玄関に溢れていた。

「悩みのある時はいつでも真っ直ぐにここに来いよ。ここのドアーはおまえのためにいつでも開いてるからな。忘れるなよ」

「ドクター、ありがとう。その時は頼むよ」

殊更朗らかそうに答えると、古く重たいドアーを押して外に出た。

病院の塀に沿って左に曲がり木立の続くお屋敷の塀を辿ると、やがて青梅街道に出た。左に環七の高円寺陸橋が見えた。右の荻窪陸橋は陽炎に揺らめいて霞んで見えなかった。

街道の両側は太いプラタナスの並木が連なっていた。濃く葉を茂らせたプラタナスが、歩道に影を落とし暑くなる夏の陽を遮っていた。

　プラタナスの葉陰を拾って亮太郎は歩き出した。

　空を見上げる。プラタナスが大きな誇らしげな葉で、涼気を作って空は見えなかった。大きな葉もいつか一度、秋風が吹けば茶色に縮んで変色し枝から離れるだろう。枯れた葉がアスファルトに積もるだろう。

　一陣の北風が青梅街道を駈け抜ける時、アスファルトの上をカサコソと枯葉は寒さに逃げ惑うだろう。

　葉陰の下にふと歩みを止める。真夏もすぐに冬になる。

　その時、俺はどこにいるだろう。何をしているだろう。天が生かしておいてくれるだろうか。不安を抱えて白く光る歩道に足を踏み入れる。

　途端に目に飛び込む白く光る青梅街道が〈今日も暑くなるよ〉と微笑んでいた。

　街道の向こう側の奥のお寺の辺りから、微かに空耳かと疑うような蟬の声が聞こえている。信州は今頃、朝から蟬時雨で溢れているだろう。懐かしさがふと心をよぎる。

〈信州は母と一緒に棄てたろうが……〉

もう一人の亮太郎が怒りをこめた声で叱咤する。悪いものに触れたように背筋が震える。日陰を拾って歩いても暑さが身に堪える。痩せて透き通るような白い肌に汗は出ない。何故か咽《のど》の渇きも空腹も感じなかった。

足が無意識に二人が住んでいたアパートに向かっていた。

環七の陸橋の手前を左に折れてしばらく行くと、短い期間だったが、二人が住んだアパートがある。二階建ての木造の外に架けられた鉄の階段を上がって、廊下伝いに三つ目の部屋だった。

階段をそっと上がる。郵便受けの裏に手を入れて鍵を出す。大家が鍵を変えてなければと祈りながら回すと開いた。

ドアーを開け入ろうとした時、隣の四号室のドアーが開いた。

「おや、亮ちゃん、病院はもういいの。隣は留守なのに誰かが訪ねてきたら言ってやらなきゃと思ってね、いつも気を付けていたんだよ。でも大変だったね、私がさー、気が付かなきゃあんたは死んでたよ。本当によかったね。里枝ちゃんは気の毒したけどさ。あんただけでも助かってよかったよ。そうでなきゃ私も目覚めが悪いからね」

何日もこの日を待っていたんだろうなと、思えるような話し方だった。興味津々な眼が亮太郎の頭の上から足の先まで素早く三往復ほどしていた。

「はあ、どうもありがとうございます。申し訳ありません」

いきなりでどう答えていいか、頭を下げるだけだった。

「ま、疲れてるようだから部屋に入ってひと息つきなね」

ようやく無罪放免になって部屋に入った。

中はきれいに片付いて持ち出せばいいだけの状態になっていた。部屋の真ん中に立ち、周りを見回す。夏の強い陽に溢れた空間に二人の思い出の痕跡は跡形もなかった。

左の脇腹に仁丹の乳房の小さい膨らみと、太腿に残る柔らかな陰毛の感触だけが仁丹の思い出だった。

「ここから出て行こう。仁丹一緒に行こう」

呟くと過去を断ち切って振り向かずに部屋を出た。

「おや、お出かけ」

隣のおばちゃんがまた声を掛ける。

〈まだいるのかよ。うるせ〉

　心の中で喚く。

「はい、ちょっと」

「気をつけてお行きよ。まだ病人なんだから」

〈大きなお世話だ〉

　心の中で舌打ちする。

「はい、気を付けます。ありがとうございます」

　口からは殊勝な言葉が出る。

〈カウンターに立った経験が生きるな〉

　苦笑いが出る。

〈ここは駄目だ。どこかを探そう〉

　階段を下りながら空を見上げる。以前に増して澄み切った夏の青空が広がっている。

「明かる過ぎる。暑過ぎるんだな。それに乾き過ぎている」

　呟くと歩き出した。

行路序曲

明かる過ぎる光と乾き切った暑さが背中を押して、山の手の空気がいつしか亮太郎を下町へ連れて行った。

浅草寺雷門前の広場は人混みの喧騒に溢れていた。観光案内図を振りかざして雷門前の交番に溢れる観光客。馴れた身振りで捌《さば》くお巡りさん。次々到着する観光バス。バスから吐き出されるように降り立つ観光客の群れ。観光バス案内嬢の喚くような点呼の声。追い立てられる牛の群れのように、のろのろ混み合いながら鈍重に歩む観光客の列。そんな間を縫って行き摺りの観光客を口説く人力車の客引きの声。スピーカーから流れる三社祭の余韻を引きずる三社囃の音。

猥雑な音が一つになって「わーん」として空に駆け上ってゆく。

〈こりゃすげえ。『Ｂａｒ　灯』の喧騒なんて子供みたいなもんだわ〉

そんな人混みに押されながら吾妻橋を目指した。

人混みの中は孤独だった。

静かだった山の手では、何故か孤独を感ずることがなかった。山の手の屋敷町は静か過ぎて、空気は明るく鋭かった。家と家との間隔が離れ過ぎていた。家との間を埋める緑の植え込みや、長く続く塀に目移りして心を騒がせていた。

植え込みを透して落ちてくる陽の光、植え込みを飛びまわる鳥や蜂や蝶々達が心を波立たせる。静かに物思いに落ち込む余裕を与えてくれなかった。

下町は家々が櫛比《しっぴ》している。

浅草寺前は観光客目当ての土産物屋が軒を並べ、食べ物屋がひしめき、猫の子一匹通ることも出来ないほど店と店とが接している。

孤独感を噛み締めて人混みにもまれながら歩いていた。

〈いつだったっけ、こんな感じがあったたな。そうだ高校生の時だった。友達を作ったら秘密のことを喋ってしまうかもしれないと思って一人、別世界に入っていったっけ〉

昼休みの中庭で語らう友達から少し離れて、彼らをじっと見ていた自分を思い出した。

遠い昔だった。

〈一度死んだんだから、生まれ変わったんだから、これからが人生だ。夢を見つけよう。も一度、仁丹を探そう。きっといる。待っている〉

何故かそう思う。

気が付くと人混みが疎らになっていた。

バスやタクシーが行き交う大きな通りの向こうに、赤い欄干がみえる。橋の中ほどが盛り上がった太鼓型の吾妻橋が目に入ってきた。信号が青になってバス通りを越すと、吾妻橋の西詰の広場だ。

今まで通ってきた喧騒が嘘のような静けさが待っていた。その静けさの先に橋が架かっている。橋の上を歩いている人が数人だけ。車だけがひっきりなしに橋を渡って行き、渡って来ていた。

橋に近づき欄干に背を持たせて歩いてきた道を振り返ってみた。土産物屋と、食べ物屋がひしめき所々に銀行のビルが建ち、その先の国際通りの突き当たりにひと際高い広告塔が目に入った。広告塔の文字が「仁丹」だった。下町の人が親しみを込めて呼ぶ「仁丹塔」だ。

「仁丹」、そっと呟いてみる。

突然、あの感触が蘇る。

赤い欄干に手を掛け橋の下を覗いてみた。大きな波がうねっていた。波が陽の光を撥ね返して銀色になり、空を映して紺色になって飽きずにうねっていた。うねるたびに川面《かわも》から涼しい風が顔に吹き付けてきた。湿り気を帯びた風が気持ち良く肌をすりぬけていった。

高円寺の風は乾いてひりひりした痛さを肌に残していった。その乾きの辛さが心と肌を苦しめた。川風は人の視線をも柔らかく感じさせた。

川風に身を委ねて亮太郎は隅田川の向こう岸に目を向けた。空は青いはずなのに、何故か川向こうは全体に薄黄色っぽく輝いていた。黄色味帯びた空の下を高速道路の赤い橋桁が川に沿って、陽炎に揺れて南北に走っていた。高速道路の下には、桜並木の葉陰が黒々とした影になって走っている。

更にその下に吾妻橋のアスファルトと赤く塗られた鋳物の欄干が、陽炎に煙ってゆらゆらと揺れて、遙かにこちら側と向こう側に架かっている。じっと見つめていると、自分の頭が暑さにあたって変なのかなと思えるほど陽炎の揺れが激しかった。

橋の真ん中が盛り上がった太鼓型の吾妻橋全体がゆらゆらと揺れて、ここを渡って行くと仁丹の行った世界に行けるような気がした。もう吾妻橋の東詰の入り口は陽炎が一段と揺れて見えない。

橋の下からは絶え間なくコンクリートの護岸にぶつかる波の音が続く。

波はリズムを崩すことなく打ち寄せている。見つめる彼方の景色は激しく揺れて、杳《よう》として見定められない。川を隔てて陽炎に揺れる橋の彼方が別世界の入り口に通じているように思えた。

耳障りな波のリズムが、いつしか耳に入らなくなっていった。波のリズムが亮太郎のかつての生活のリズムに合ってきていた。

思い出したくない出来事が、次々と頭の中を過ってゆく。

魂の再誕

高校生活は周りに当たり散らす日々だった。

〈何故か〉

いつも自問していた。答えはなかった。何かが不足している。

〈何が不足しているの〉

社会が目の前に近づいてくる年頃。そこに不安があった。

〈社会って何なの〉

聞くべき人がいなかった。

母親は優しかった。

厳しく導き、叱咤してくれる人が欲しかった。問題児になれば誰かが諭してくれるかもしれないと思った。諭し導いてくれる人は現われなかった。哀れみと軽蔑の目を向けて、皆が周りからただ見詰めているだけだった。

〈哀れみが欲しいんじゃない〉

何度も心の中で叫んだ。

益々皆が一歩退いていった。焦りが益々自身を深みに落としていった。

〈俺は死なない。子供を残しては死なない〉

言ってはいけない言葉。特に母には絶対に言えない言葉だった。母に分らないように心の一番奥にしまいこんで誓った。

〈父親だって子を残して喜んで死んだんじゃない。そう、この隅田川のすぐそこの川上で戦火に追われて死んでいったんだ。辛く、悔しかったろうな。でも子を遺して死んだよ〉

〈もうおよしよ、後ろを見たってしょうがないよ。今日を見ようよ〉

もう一人の亮太郎が、愚痴る亮太郎を黙らせる。

陽炎がいつしか幻の世界へ運んだようで、正気の亮太郎の声が現実に引き戻してくれた。

輝く空を見上げる。空を薄黄色に染めた梅雨明けの強い日差しが、蒸し暑さを募らせる。

広い隅田川の川面に白いカモメが群れて波間に揺れている。以前、この時期に隅田川にカモメはいなかった。夏には北の海に渡っていたはずだった。観光客の餌やりで一年を通して、この川に居ついてしまった。

そのカモメの群れが突然、一斉に飛び立つ。独特な奇声を交わし、川面を上に下に左右に乱舞しだす。

コンクリートの岸壁に打ちつける波のリズムが狂う。ぴちゃぴちゃと護岸が忙《せわ》しない音を立てる。橋の下にＵＦＯかと見紛《みまが》うガラス窓の多い水色の水上バスが現われた。

「プオ、プオップオー」

大きな汽笛を川面に響かせて船着場に入ってきた。その水上バスに向かってカモメの群れが乱舞しだした。カモメの乱舞する下を大勢の観光客が水上バスから降りた。

一団の観光客が船着場から橋の袂に上がってきた。夏の厳しい太陽の下に青白く痩せて血管が透けて見えそうな男を見つけると、声高に話していた観光客の一団はフッと口を閉ざした。お互いに目配せし合うと、足早に亮太郎の脇をすり抜けて行った。

無数の好奇の眼が全身を包む。好奇の目を逃れるように川面を見下ろし、橋の彼方に目を移す。ようやく欄干を離れる決心がついた。

観光客用の三社祭の三社囃子が、雷門の辺りから軽やかに響いて背中に当たってきた。

「親子三人がそっと暮せるところへ行こうね」

仁丹がそっと囁いた言葉が耳元へ蘇る。

〈仁丹、待ってろよ。きっとおまえを見つけ出してやる〉

川の向こうには、どうしても仁丹が待っている気がする。

しかし、この吾妻橋を渡って行くと二度と再び戻って来られないような気がする。怪《あや》しの空間が陽炎の揺れる向こうに待っている。

ふと後ろを振り返ると真後ろに「仁丹塔」が見下ろしている。

〈きっと仁丹塔が何とかしてくれるよ〉

もう一人の亮太郎が励ます。

〈そうだよ。この川を渡ると今までの世界とは別の世界が待っていてくれるのさ。この川の向こうで、生まれ変わった仁丹が幸せな生活をしているに決まってるさ。怖がることはない幸せになりたいんだろ〉

自分に励まされて、でも欄干に乗せた左手は決して欄干を離すことなくゆっくりと吾妻橋に足を踏み出した。この足を踏み出すたびに、陽炎に揺れる高速道路が目の前に大きく迫ってくる。

〈こんなに大きかったのかい〉

見上げると頭上を覆うコンクリートの怪物が行く手に立ち塞がっている。

真っ赤なノースリーブのシャツと、アイリッシュグリーンのティーシャツを着たジーンズの外人の男女がさりげなく手を繋いで、亮太郎を足早に追い越してゆく。

なんの懸念もなく橋を渡って行く二人に励まされて、亮太郎も普通を装って歩み続ける。

川を左手にして突然、金属の軋む大きな音がする。歩みが止まって欄干を握り締めて顔を向ける。川上に架かった鉄道橋に電車が入ってくるところだった。

「松屋に入る東武鉄道か」

ほっとして川面に目を向ける。

堤防下の波打ち際から男女の争う大きな声が聞こえる。高速道路が日陰になった川岸に人影が見える。争う男女にしては緩慢な動きである。ゆっくりと近づいて橋の上から覗いてみると、若い二人が脚本を確認しながら言い争っている。一瞬、驚いたそれは、若い劇団員の稽古の場であったようだった。

〈俺にもあんなふうに打ち込めるものが見つかるといいな〉

何も疑うことをせずに真剣に打ち込んでいる二人が大きく見えた。真剣がいつの日か稔《みの》りをもたらすのだろうか。その二人を羨望の眼差しで見下ろし続けた。

〈俺には無理だな〉

諦めの呟きしか出なかった。何かに打ち込もうとするといつも、もう一人の亮太郎が冷ややかに揶揄する。

〈それがおまえの限界かい〉

それに反論することが出来なかった。自分の中に、もう少し頑張りたいと思う気持ちがいつも頭を擡《もた》げ続けていた。

〈今度こそおまえの邪魔はさせない。何でもいい手に入るなら。口出しするなよ〉

〈ようやくその気になったかい。その気になればそれでいいのさ、結果は問わないさ。ゆっくり見せて貰おう〉

心が少し軽くなった気がした。

大きく塞ぐような高速道路をぐっと睨み上げると、足早に吾妻橋を渡りきった。

橋を渡りきって左手に小さな真っ黒な建物がひっそりと建っているのが目に入った。夏の陽に曝されて木の扉が頑なに人の入場を拒むように、しっかりと閉じられていた。西に向かった扉の上に『アサヒビヤホール』とくすんだ文字があった。

昼時間近、ビヤホールの建物は、昨夜の騒ぎを癒して眠りを貪っているようだった。

道を隔てて佃煮屋は商売真っ最中。ガラスケースに盛られた大皿の佃煮が飴色に光って、暖簾の奥のガラス戸越しに見える。夏の暑さの進入を殊更拒んで、ガラス戸がしっかりと閉められ客を待っている。

その隣に蕎麦屋が続き、泥鰌《どじょう》屋が続き、下町の香りが漂う町並みが続いていた。

ビヤホールを過ぎてビール工場の倉庫が切れる辺りに鰻屋が一軒、陽に照らされてそっと佇んでいた。道を隔てて泥鰌屋が向かい合っていた。

しばらく佇んでその意味を考えた。結論は出なかった。多分、偶然だろうなと思う。

〈一番戸惑ったのは、泥鰌屋と鰻屋だったろうな〉

その時に立ち会いたかったなと思うと、おかしみが湧いてきた。

夏空の下の町並みに人影はなく、白く光る暑さだけが溢れていた。白い光を浴びた店先は、どこも夏色に衣替えした暖簾だけがひっそりと来客を待って垂れていた。

山の手の太陽は白く硬く、横柄に頭上に輝いていた。

下町の街の上には、勝ち誇ったような太陽が湿り気を帯びた薄黄味がかった光を浴びせ続けている。

何となく肩身の狭くなったような気持ちを抱え込んで、ぶらぶらと薄黄味色に光る無人の道を進んで行った。小さく肩寄せ合った小粋な店の並ぶ通りが終わると、東西に真っ直ぐ走る大きな通りに突き当たった。

相変わらず通りに人影は見えなかった。本当にここには生活があるんだろうか。別世界に入り込んでしまったのかもしれないと、ティーシャツから剝き出しの両腕が粟立つ思いがした。

東西に延びる広い道路に鉄板と鉄管を積んだトラックが一台、のろのろと片方に傾きながら走ってくるのが見えた。

「人の暮らしは一応あるんだ」

ほっとして呟く。

トラックが近づき、ゆっくりと遠ざかって行く。顔がゆっくりと右から左に動く。左に向いた顔の方角に向かってゆっくりと歩き出す。

歩道に沿って工場が立ち並んでいる。工場の中から金属の擦れあう音や、金属を叩く音が一定のリズムを持って聞こえていた。

覗いてみる。外の光が強すぎて闇の中を覗くようで何も見えない。時々、パチッと強い音がする。青白い火花が一瞬、周りを映し出す。眼を凝らしても、再び闇のような空間が目の前に広がる。

工場の横の空き地に鉄管や鉄板のロールが無造作に転がされていた。どうやら人の生活があるらしい。

やがて狭い家並みが続き、そのどれもが刃物や大小の鉄製品を扱う工場や店だった。隅田川を渡ると、そこは静寂が支配する彼岸の地かと思っていたのがとんでもなかった。

進むほどに機械が吐き出す騒音と機械が撒き散らす油、金属の軋む生臭さに溢れた汚れた街だった。人の喧騒に溢れた街の対岸は、対照的に工場の騒音に満ちた街に変わった。

その活気が全身を抱きすくめてきた。

全身が震えるほど人恋しさを憶えた。

〈仁丹、おまえに会いたい。一人じゃ無理だよ。この街に一人じゃ負けてしまうよ〉

その時まで気持ち良く感じていた湿り気を含んだ空気が、重く全身を包んできて息苦しささえ憶えた。見上げる空は黄色味を帯び、低く雲が覆ったように見えた。夏の太陽は異臭を含んだ空気を透してオレンジ色に滲んで見えた。

気が付くと、纏《まと》わり付く暑気が病み上がりに堪えていた。

〈引き返すか〉

亮太郎が聞く。

〈今更どこへ〉

もう一人の亮太郎が答える。

〈じゃ弱音は吐くな〉

〈弱音なんか吐いちゃいないさ。ちょいと思っていたのと違ったからね〉

〈この世の中で楽園を夢見たのかい。懲りない奴だ、足元を見ろよ〉

〈分かったよ、やってみるよ〉

暑くても異臭がしても、どこにも逃げ込むところはなかった。この街のどこかで仁丹を探してささやかな家庭を持つ、それしかなかった。

〈そう、誰にも気遣いしなくていい家庭。それ以外、今は考えないこと〉

じっと誰にも気付かれず忘れ去られていたい。それが子供の頃からの望みだった。

好奇な眼で見られ、小突かれ、父なし子と呼ばれたあの頃。

庇ってくれた母。

時を過ごし人生を相談したい時、初めて父親のいないことが分かった。あの時の戸惑い、不安。天を呪い、父を悪しざまに口走ったあの時。

母に向かっては何も言えなかった。

〈母親のせいじゃない〉

幼子を残して終える人生はごめんだ。

〈妻と子をじっと守る家庭を創ろう〉

思い出したようにトラックがもう一台重い荷を乗せ傾きながら、よろよろと脇を抜けて行く。物珍しげに一軒一軒覗きながら街の奥へと進んでいった。

一軒の店を覗き込むと、頬を掠める涼風があった。

〈おや〉

一瞬、汗が引く。橋の上に立ち止まる。火照る顔が風を受ける。下流が見たかった。道路を横切り反対側の欄干にもたれる。身を乗り出して川下を見る。目の下に褐色に染まった水が動きを止めて、南北に淀んでいる。

川の両側は青梅街道と同じくプラタナスの大木が並木を作っている。どこのプラタナスも同じで、黒々とするほど厚く葉を繁らせていた。川の脇に涼しげな黒い葉陰が続いていた。

太陽に照らされた淀んだ黄褐色の川面を、両側の工場から流れ出た油や溶剤の異臭と虹色の幕が覆っていた。微風が僅かに水面を撫でると、小さな漣《さざなみ》が虹の渦を描いていく。気の効いた一筆を動かした芸術家を気取った川風が、見事な芸術作品を次々と川面に描いてゆく。工場地帯の異臭に満ちた川風の芸術を、欄干に寄り掛かって無心に見つめ続けた。

七色に変わる川面の虹の渦の中に、大きく左に傾いた鋼鉄の筏が舫《もや》われている。傾いた筏の上に、太く長い鉄の丸太が三本、無造作にワイヤーロープで結《ゆ》わえられている。暑さの中に忘れ去られたようにひっそりと浮いている。

南に向かって真っ直ぐに伸びた川に眼をやると、似たような筏が点々と見える。重い鉄材を運ぶには、水の上が一番便利かもしれない。

橋を渡りきって川に沿って歩き出した。

鉄を削り、切断し、延ばし、加工している街の中に踏み込んでゆく。波板とスレート葺きの屋根の高い工場群の谷間の街角に一軒タバコ屋があった。

西日に焙《あぶ》られて、色あせた日除けテントが夏の陽に喘いで見える。店先を覗くと、店番の婆さんが一人団扇《うちわ》を動かして顔に風を送って座っている。

ジーンズの尻のポケットから新聞を取り出し求人広告の住所を尋ねる。親切に婆さんが古びたガラスケースに両肘を乗せて身を乗り出す。両肘で上体を支えながら団扇で道順を教えてくれた。

老婆の萎びた乳房が暑さ凌ぎに着た下着の中に弛んでいるのをチラッと覗いて、お礼を言うと通りを曲がる。

堀に架かった小さな橋を渡ると、その工場の前に出た。さっき橋の上から見た傾いた筏の舫ってある船着き場の前だった。

「遠回りをしたんだ」と呟く。

舫ってある筏と道を隔てて鉄工所が立っている。スレートで周りを囲んだ天井の高い、間口の広い工場だった。

高い天井と同じくらいの高さの入り口がぽっかりと開いている。高い天井に蛍光灯が並んでいる。強い光に慣れた眼では外から工場の中は暗闇のようで何も見えない。

工場の奥からは金属を削る耳障りな音と、鉄板を打ち抜く大きくてリズミカルな音が混ざって、入り口から吐き出されている。更にその奥の薄闇では時折、「パチッ」という音と共に青白い光と紫色の煙が淡い蛍光灯の光の中に吸い込まれてゆく。

入り口のスレート壁に剝げかかって「こんにちは」をした、小さな紙が貼ってある。首をかしげて紙の中を覗いて見る。白い紙に墨汁で『工員募集』と素人文字で太々と書いてある。

突然、暗い入り口から人が出て来て、亮太郎の前を足取り軽く川淵に下りて行こうとした。油汚れした作業服の下には、無駄のない筋肉に覆われていることを示す足取りだった。

「あのー、この募集……」と声を掛ける。

一瞬、亮太郎に目を向けるとそのまま後ろを振り返る。右手を上げて親指で肩越しに指差すと、ひと声「二階」と言うと、なんの興味も示さず川に下りて行った。

暗闇に馴れた眼で見上げると、高い天井の蛍光灯の下に縦横にレールが懸って、そこをクレーンが鋼材を運んで動き回っていた。そんなレールの下、二階と思われる高さに鉄の箱のような部屋が天井からぶら下がっていた。その箱から梯子が下りていた。踊り場もなく真っ直ぐだった。鉄板を溶接しただけの、自家製作の階段というより梯子と呼ぶようなものだった。

正月の出初め式の、竹梯子のように爪先が透けて見える。

〈俺、高所恐怖症なんだよな。手摺もねえんでやんの〉

なるべく足元を見ないようにして、恐る恐る一歩ずつ階段を上った。事務所の入り口に着いた時、肩に力が入ってカチカチに凝っていた。毎日、この階段を使うのかと思うと〈こりゃ無理だな〉と思った。

一歩

ドアーをノックする。

「おーい、どーぞー」

太い男の声が返ってきた。

「はい、どうぞ」ではなかった。〈変なの〉と思いながらドアーを押した。

大きな黒光りした金庫の前に声の主が座っていた。

部屋の中にステンレス事務机が六つ、その奥が声の主の大きな机だった。机の上は整然と整理されて無駄な紙切れ一枚も乗っていなかった。

半そでの作業衣のボタンが飛んでしまいそうなほど、腹も胸も厚い肉に覆われた小父さんだった。半袖が食い込んでしまいそうな太い腕、縦より横のほうが広い顔。薄くなった額の真ん中を横に一本太く深い皺。相手の心の中まで見通せそうな大きな眼は、太い眉毛の下に黒々と輝いていた。日焼けか酒焼けか、艶々した浅黒い顔に似合って唇は分厚く真一文字に大きく結ばれていた。

机の上で組まれた手の指は節くれ立って太く、掌は肉厚で大きかった。厚い胸から出る声は低音でよく透った。

死の淵から引き戻してくれた外科の先生によく似た風貌に、一瞬たじろいだ。

手を乗せて指を組んだ机の上は整理整頓されて塵一つ見当たらなかった。机の上にあるものは電話機と、ブックスタンドに挟まった数冊のノートだけだった。

風貌からは想像できない几帳面さだ。

「学生さんらしいが、夏休みのアルバイト探しかね」

亮太郎が口を開く前に声を掛けられた。

「アルバイトでなく、就職希望なんですが」

先に声を掛けられた勢いに押されながら、おずおずと答える。

「ここは重いものばかり扱うんでね、体力なきゃ勤まらねえよ。頭ぁ、いらねんだ」

太い人差し指で頭を突きながらにっこりと笑った。

「あんた病み上がりか、その身体じゃ、ちいと無理かな。事務ならいいかもしれねえが、うちは事務は、女と決めてるんだ。後は会計事務所がやってくれるんでね。そんなんで、うちじゃ無理だな。ほか当たってくれるか」

一方的に話して結論を出すと、こっちの話は何も聞こうとしなかった。

興味の失せた大きな眼が、「お帰り、ご苦労様」と言っていた。

無言で頭を下げ部屋を出る。奈落の底まで転げ落ちそうな手摺もない階段を再び肩に力を入れて下りきる。降りきった階段を見上げながら、今言われた言葉を反芻してみる。

〈頭いらねえよ、身体がありゃいいんだ〉

〈確かに頭があるからくよくよ考えるんだよな。なけりゃ考えずに済むもんな。でも、それじゃなんで生きてるんだよ。飯食って、糞垂れてるだけじゃねえかよ。変な親父、頼まれたってここにはいたくねえ。第一、この階段じゃ俺はいつか転がり落ちる。くわばらくわばらだ〉

階段を見上げる背中がひんやりとした。

外に出ると暑さの一杯に詰まったはずの夏空に、薄く黒雲が覆い生暖かい空気が漂っていた。幾分涼しさを感じ歩き易くなって通りに出ると、川に沿って当てもなく歩き出した。

真夏の暑さがどこかに連れ去られてしまって、ひんやりとした空気が辺りに漂い始めた。薄暗い空が暗闇のようになって、冷たい風が乾いた道路の砂埃を巻き上げ、鼻の奥に雨の匂いを運んできた。

「こういう時はくるんだよな。雷が。脅かしっこなしだぜ」

声に出してみる。

突然、光が音を立てながら辺りを白く照らした。乾いた轟音が耳でなく全身に響き渡った。足が宙を踏んだように感覚がなくなっていた。でもそれは一瞬の出来事だった。

天が二つに割れたのかと思われる雷鳴が、余韻を響かせて右から左へ空を走った。

「この後はきっと雨だぜ。傘がないっていう時に限ってこれだぜ。くそっ」

雷鳴の大きさの驚愕をごまかして、ちょっと悪ぶった言葉を無理に口にしてみる。それほど大きな稲妻と雷鳴だった。

こんな場所からは早く立ち去ったほうがよさそうだと思ったが、方向が分らない。ただやみくもに歩調を速めて真っ直ぐな道を歩き出した。稲妻も雷鳴も一度だけで後を追ってはこなかった。

見上げる空は、それとは反対に足早に黒雲が、北から南に向かって低く垂れ込み始めていた。黒雲の速度に合わせて冷えた風が肌に触れてきた。吾妻橋での蒸し暑さが嘘のように肌寒くなってきた。

〈雨がくるのもしょうがないか。まあ、雨に打たれて変な憑き物を洗い流すってのもいいかもしれない〉

踏み出す足元に大きな雨粒が一つ、「ぽとっ」と意外と大きな音を立ててアスファルト上を黒く染めた。「きた」と思った瞬間、鼻の奥に雨の匂いが飛び込んできた。

それが合図だった。

大きな雨粒が我先に競うように頭上に一斉に降り始めた。

白いティーシャツを透して雨が肌を濡らし始めた。

二度目の稲妻が辺りに真昼のような光を飛び散らせると、負けずと雷鳴が咆哮を挙げ、梅雨の終焉を告げる儀式が始まった。

大粒の雨がアスファルトを強く叩く。アスファルトに跳ね返った水滴がアスファルトの上に踊って白いカーテンを作る。

白いカーテンはジーンズの裾を紺色に染め上げていった。白いカーテンの向こう側に何があったのか、今はもう分らなくなった。

ごうごうと鳴る風の音と、アスファルトに跳ねる雨の音が耳を塞いで辺りに音はなかった。絶え間なく光る稲妻が脇に立つ工場を教えてくれた。風に吹かれてザーと唸る雨に追われて工場の庇の下に逃げ込む。

庇の下に逃れた余裕で辺りを見回すが、暗闇と雨脚で明るい時のように見渡せない。絶えず光る稲妻の閃光の中に、荒々しく風に吹き散らされるプラタナスの葉の悲鳴が見える。

「葉っぱ負けるな。しがみ付いてろ。雨なんかいつかは止むからな」

恐怖を紛らして口に出してみる。

子供の頃から雷様は大嫌いだった。ひときわ天が裂けるような雷鳴が頭頂に落ちて、目を射るような閃光が辺りを照らした。

一瞬の光の中に無造作に、山と積まれた鋼材の材料置き場が見えた。鋼材が積まれた僅かな隙間から伸びた赤い夾竹桃が、風に弄ばれて身を揺らせていた。

一瞬の光なのに細やかな辺りの光景と、鮮やかな赤い花が目に飛び込んできた。殺風景な場所と荒々しい状況に不似合いな鮮やかな赤だった。

細い夾竹桃は嫌々をするように、左右上下に揺れて風をやり過ごして一枚の葉も散らしていなかった。

運河沿いのプラタナスはまともに当たる風に負けずと、聳え立ちたくさんの葉を千切れさせていた。

瞬時に消える稲妻が写しだす光景は、見慣れた風景に別の見方を教えてくれるようだった。目に残った残像に心を捕らわれているうちに、ザーという雨音と風の音が弱まってきた。

真っ白い雨のカーテンの色が薄まって、前方が少し透けて見えるようになってきた時、カーテンを押し分けるようにして突然、若い女性が亮太郎の隣に飛び込んで来た。

「ヒャー、なに、この雨」

叫んで、頭を振って雨水を飛ばした。

「もう」

独り言を呟き、初めて隣の亮太郎に気が付いた。

きれいに結んだポニーテールの先から雫が垂れ、白いホットパンツが足にへばり付いて手に濡れたピンフィールのミュールを下げていた。濡れた真っ白なティーシャツを透して下着の下から寒さのせいか、恐怖のせいか乳首が尖って見えた。

亮太郎を一瞥すると無言で後ろの戸を開け、中に入っていった。

〈この家の子か〉

改まって後ろを振り返ってみる。

磨《すり》ガラスの上に「白石金属加工所」と金文字が刻まれていた。人の入っていった戸の前に立つのがなんとなく落ち着かなくなってきた。

しかし雨脚が幾らか衰えたからといっても、まだ出ていけるには早すぎるような気配だった。

ジーンズの膝から下のインディゴブルーが濃く変わってこわばり、湿っぽくなったティーシャツが、早く帰ろうよと誘い始めた。

軒先から手を延ばして雨脚を図ってみる。帰宅を促す誘いに負けて軒を離れようとした時、後ろの戸が開いた。

さっき入っていった女の子がさっぱりとしたシャツに着替え、バスタオルで髪をごしごししながら顔を出した。

「まだ出掛けるには早すぎるわ。あと三十分ぐらいは無理よ。中で待ったらって皆が言ってる。困った時は相身互いだって。どうぞ」

つっけんどんな物言いだけれど、当然でしょという言い方だった。

開いた戸の奥は広い工場になっていた。大きな機械が整然と並び、その脇に加工するための金属の塊が置かれ、ロール状の鉄板が土間に転がっていた。

機械から離れた机の前に五、六人の人が、こちらを見ながらお茶を啜っていた。どの顔も無表情で若さを感じなかった。

一番年嵩と思われる工員がここに座れというように、掛けているベンチに空きを作ってくれた。亮太郎を無表情に見つめる目は優しかった。

「ありがとうございます、失礼します」

自然にお礼の声が出て、輪の中に入っていった。

さっきの女の子が湯気の立つ湯飲み茶碗を渡してくれた。両の手で受け取ると、身体がすっかり冷え切っていたのが分かった。フーと吹いてひと口啜った。

吾妻橋から何も飲んでいなかった。熱いお茶が胃に落ちてゆき、温かさが全身に染み渡っていった。温かさを感じるなんて幾日ぶりだろう。

亮太郎がお茶を啜り込むのを見ながら、子供を諭すような口調で女の子が言った。

「雷様が落っこちると機械が壊れるでしょ、だから今日のお仕事はお仕舞」

先程まで町中に溢れていた機械の音がここにはなかった。

全ての機械は電源を落とされ、沈黙の中に置き忘れられたように横たわっていた。電燈が一つ侘しい光を放って人の輪から離れて灯されていた。工員と思しき人達と工場主の家族が心細そうに肩寄せ合っていた。

自然の猛威の中に極まって立ち往生している雰囲気は、今の亮太郎には何よりの慰めだった。山の手の乾いた空気より、たとえ雷が落ちようとも湿ったここの空気が必要だった。

頭上で演じられる稲妻と雷鳴の共演が一瞬でも早く、無事に過ぎ去ってくれるよう項垂《うなだ》れて祈る皆の頭上を照らして、心細げな電燈が時々ゆっくりと揺れていた。

ひときわ大きな雷鳴と強い閃光に娘の大きな悲鳴が同時にきて、余鳴が空を駆け去った。

それを潮に急激に外が明るくなっていった。

雨が上がって、屋根から落ちる雨だれが軒先の路面を叩きだした。雲が裂けて青空が一面に覆い始めた。

今までどこに隠れていたのか、太陽が東京の街の上に光と温もりを撒き散らし始めていた。ガラス戸を透して真夏の太陽の光が、薄暗かった工場の中に入り込んできた。薄く霞むように黄色味を帯びた、汚れた下町の空気をきれいに洗い流して、嵐はあっけなく去っていった。

娘が立ち上がって、しっかりと閉じられていた金文字の社名の入った戸を大きく開けた。午後の太陽が眩しく目に飛び込んできた。

屋根から落ちる大きな雨だれは、太陽の光を受けてきらきらと光りながら、後から後から地面に落ちていった。運河沿いのプラタナスの並木も、大きな葉からたっぷりの雨だれを滴《したた》らせている。木の下に吹き千切られた葉が折り重なり、嵐の大きさを物語っていた。

暑かった夏の午後に爽やかな涼味を演出して、夕立が去っていった。

あちらの路地、こちらの資材置き場と、ところ構わず大量の雨水が流れ出て運河に流れ込んでいた。工場脇から機械油を溶かし込んだ雨水は、輝きだした太陽で七色に輝いてアスファルトの上に虹を描いて流れてゆく。

道路一面を覆った芸術作品が運河に流れ込み、黄濁した水面《みなも》一面に虹を描きながら、奔流となって川下へ流れ去ってゆく。

振り返って東の空を見上げると、青空の上に大きな虹が架かって、明日の晴天を約束している。空にアスファルトの路面に黄濁の川面に七色の虹が競って本所の夏の午後が過ぎてゆく。

どこに雨宿りしていたのか、雀達が何事もなかったように、路上の水溜りを避けて餌を探して忙しなく動き回っている。日暮れのように暗くなった空に、もうひと輝きを企んで太陽が輝き始める。

太陽にすっかり無視された電燈の光に代わって、工場の中は再び太陽の光に満たされた。それまで無言だった工員達は一斉に大きく溜め息を吐き、肩の力を抜いた。「フー」という音が聞こえるほどの溜め息だった。

「すっげえ雷だろ、頭の上に落ちるかと思ったぜ」

「何しろ回りは雷様の好物の金物ばっかだからよ、生きた気がしねえんで参ったぜ」

「いやー、くわばらくわばら」

「おっかなかったよう」

怖がった気恥ずかしさからの照れ隠しに陽気な下町っ子気質が顔を出して、はしゃぎ合っていた。外の雀達が逃げ出すほどの騒がしさだった。

静かな大人しい工員さん達で家庭的な工場かと思っていたが、どうやら雷様の恐怖がだんまりにしていたようだ。

雨が上がって雷が去ってしまうと、今までの沈黙の分だけ全員が一斉に喋りだした。ひと通りの騒ぎが収まって皆の興奮が冷めた頃、この家の大将と思われる主が、改めて亮太郎に向き直った。

額が大分後退してオールバックにした髪に白いものが少し混じって、伸ばした背筋がしっかりとして若さが漲《みな》っていた。重いものを扱う人らしく筋肉が引き締まり、無駄な肉は一つも見当たらなかった。

年相応の顔色は健康的な艶に覆われていた。濃い眉毛の下の瞳には気力が漲り、その眼差しには優しさと温かみが満ちていた。筋肉に覆われた肩の上に乗った顔は見かけより小さく見えた。

その小さな顔の真ん中には、意志の強そうな大きな鼻が形良く収まっていた。その鼻の下に真一文字に結ばれた大きな口があった。無駄なことには、一切開いたことがないような口だった。

そんな口が亮太郎に向かって開かれた。

「この暑い時期に足の便の悪いこんな場所に、一体どんな用事があったんだね」

太く低いよく通る声が亮太郎に聞いた。

濡れて堅くなったジーンズの膝頭を両の手で揉みながら、相手の目をしっかりと見た。

「この辺りで人を雇っていただけるところがないか、探していたのです。こんな雨に会うとは思っていませんでしたので」

「夏休みのアルバイトでも探してるのかね」

「いえ事情があって、しばらく働いてみたいと思っています」

「君はまだ学生さんだろ。夜の仕事なんてないぜ」

「じっくりと自分を見詰め直して、しばらく学校は休みにしようかと思っています」

「君の事情というのは聴かんが、私は、学生は学生をしながら自分自身を見詰め考えるのが一番だと思うがね……、見たところ鉄棒を担げるとは思えない体つきだしね、帳付けなら別だがね。帳付けの仕事を探したほうが、よかないかね」

下町の人らしくたった今雨宿りの縁でしかない者へ掛ける親身が、地獄から帰った身には縋り付きたい気持ちが湧きだしていた。何も言えず、ただじっと目を見詰めるだけだった。

「働きたいって言うんだから、なんだっていいから、仕事をさせてあげればいいじゃない。身体は二の次と思うな」

父親の隣で足をぶらぶらさせて雷のショックからまだ立ち直れない雰囲気のまま、足元の土間を見つめながら娘がぽつんと口を挟んだ。

娘の言葉に励まされて、

「力仕事以外に出来る仕事があったら使ってください。そのうちに慣れて力仕事も出来るようになれます。きっとなってみせます。お願いします」

気持ちも、そうなっていた。

「松さん、どうかね？」

「追いまわしに一人欲しいことは欲しいですがね。ただ続くかどうか」

松さんと呼ばれた初老の工員が土間に落ちた、咥えタバコの灰を草履の裏でならしながら目を伏せた。二人の会話を聞きながら、工員達は遠慮のない目つきで興味深そうに亮太郎を舐めるように見詰めていた。目を伏せて遠慮のない視線を意識しながら、その中に悪意を含んだ卑屈な目のあるのも感じていた。

しかし幼少の頃から、この種の視線には馴れている。でも何故、この本所の地にもあるんだろう？　それが不思議だった。

隅田川を越えて仁丹と新しい生活をしようと思う幸の地が、普通の地であるわけがないと思っていた。

〈溶け込めるかな？〉

ふとそんな懸念が頭の中をよぎった。

〈ま、何とかなるだろう。今は仕事を探さなきゃな〉

自分を納得させた。

「今日、ここで雨宿りしたのも何かの縁だろう。しばらく手伝ってもらおうか」

決心したように親父さんが両手でパンと膝を打って、皆の顔を覗き込むように見回した。

亮太郎はスッと立ち上がって頭を下げた。

それが就職決定の合図だった。

新生、独居生活

あてがわれた住まいは木造二階建ての、四畳半一間の古い下駄履きアパートだった。白石金属工業所から歩いて七、八分の距離だった。細く曲りくねった路地奥の小さな工場がひしめくように集まった中だった。絶えず機械の動く音と、ものが擦れる音がして、そのたびに建物が僅かに揺れた。油と、金属を削る匂いが辺り一面に漂っていた。

案内がてら一緒に来てくれた工場長の松さんは、部屋の戸を開けて中を覗き部屋に入った。

「以前ここに『正』ってえ奴がいたんだ。本当は正彦って言うんだがね……。仕事の飲み込みの早え奴で。結構頼りにしてたんだ。パチンコが好きで、そんで身持ち崩した。今頃はどこにいるかね」

先程の雷雨の雨だれ音の続いている窓を開けながら、松さんが照れ隠しのように喋り続けている。

「ところで俺は松川って言うんだ。松川次郎、よろしくな。皆は松さんで呼んでくれてる。皆と同じでいいよ」

ショートホープを唇の端にぶら下げて咥え、自己紹介すると照れ臭そうに火をつけた。とつとつと話す松さんの人柄が温かく伝わってきた。

〈この人の後ならついていける〉と思った。

「今日からでも泊まれるよ、正がそのままにして行ったから」

押入れを開けて布団を点検して、松さんが振り返って言った。

「特別に荷物があるわけじゃありませんから、今日からここに泊まります」

「そうしな、全部揃ってる。風呂屋はこのアパート出て左に行くと百メートル行かずに右側。道端だから。……明日は朝八時半に工場に来てくれ。仕事の段取りを教えるから。今日はお休み」

部屋の中をもう一度点検するようにぐるりとひと通り見回して、松さんは出て行った。

畳に座って見回すとしばらく人気《ひとけ》のなかった部屋の中に、埃とカビの臭いが微かに漂っていた。松さんが開けていった窓から、夕方の冷気がうっすらと入り込んできた。雨に湿ったジーンズとティーシャツが身体を冷やしていた。

壁に小さな卓袱台《ちゃぶだい》が一つ足を畳んで立てかけてあった。部屋の真ん中に出して据えてみた。机代わりに丁度よかった。

山の手に置いてきた荷物を少々加えれば十分だった。思い出になるものはなるべく始末したかった。

卓袱台に両肘を突き目の前に仁丹がいるような気がして、小さな声で話しかけてみた。

「仁丹、とうとう来てしまった。おまえに会えるような気がしてさ。おまえが二度と俺の前に現われないことは分かっているさ。でも、おまえの生まれ変わりがいるような気がしてならないのさ。明日から始まる生活の中からきっと何かが生まれるさ。仁丹、見ていてな」

でも先程チラッと皆が見せた冷やりとする視線が心の隅に引っかかっていた。以前なら見落としたであろう些細な雰囲気にも、病み上がりの繊細な神経がしっかりと捉えていた。

「ま、なんとかなるさ。その時はその時だな」

仁丹からの返事はなく、目の前の黄ばんだ白い壁紙だけが目に入った。

押入れを開け一組の布団を引き出し、その上に仰向けに引っ繰り返った。天井が目の前に広がった。組んだ掌の上に頭を乗せて、今日一日の出来事と明日からの生活を考えてみた。

何の結論も出なかった。

やがて朝からの疲れが眠りを誘いにきて、夢の世界に落ちていった。

夕立のあった翌朝は涼しく、前日の熱暑を忘れさせる。

「おはよう。起きたか」

いきなり戸が乱暴に開いて、工場長の松さんの丸顔が現われた。

「年寄りは朝が早えんだ。すっかり目が覚めたもんでどうしてるか、ちょいと覗いたんだ」

へへへと笑いながら、何年も付き合っているような雰囲気を漂わせて部屋に入って来た。相変わらずショートホープを咥えると、枕元に胡坐をかきライターの火をつける。

「よく眠れたかい？　職人は朝飯を抜いちゃいけねえからね。一緒に食おうと思ってさ。顔洗っちゃいな。出掛けるから」

雲一つない青空が広がり、その青空に光り輝く光の粒を撒き散らして太陽が東の空に上がっていた。

〈暑くなりそう〉

蛇口を捻ると、空と違って冷たい水が迸《ほとばし》り出た。昨日の夕立が何もかも冷していってくれたようだった。

「松さんは、家で朝の食事じゃないんですか」

おずおずと聞いてみた。

「ああ、おいら一人者《もん》さ。おいらの嬶《かかあ》になんかなってくれる女なんかねえよ」

何を詰まらんことを聴くんだ、とでも言うように煙を吐き出していた。

アパートの玄関を出て湯屋と反対に右に辿ると、その飯屋があった。

ガラスが嵌った格子戸が大きく左右に開かれていた。清潔な店に似つかわしく洗濯機を何べんも潜ったような木綿の暖簾が、朝日を照り返して真っ白に下がっていた。

松さんが連れて行ってくれた食堂は、早出の職人の常連客で賑わっていた。

「おはよう松さん、いつもどうりでいいかな」

お茶を運んできた白衣の年寄りが聞いた。

「当たり前だ、決まってる通り」

「そっちの若いのはどうする。爺と同じでいいかな?」

「おい爺さん。おいらを爺呼ばわりはねえだろう。朝っぱらから嫌なことという爺だぜ。たまんねえや」

「松さんと同じでお願いします」

「松さん。おめえんとこの『雅坊』が昨日の夕立で拾い物したってのは、その若いのかい」

「ああそだ、もう識ってんのかい。噂は早いね、亮ってんだ、よろしく頼むよ」

「社亮太郎って言います。よろしくお願いします」

丸い椅子から立ち上がって頭を下げる。

「こりゃご丁寧に。こちらこそ、よろしく」

挨拶を交わしながら、昨日雨宿りを誘ってくれた娘の名が、この辺りで雅坊と呼ばれている人気者だと知った。

下町の人は知合いになると、まるで十年の知己のように扱ってくれる。

〈今日から俺も、この町の人間になった〉

自然背筋が伸びるのが分かった。ゆうべの危惧が嘘のように消えていった。

〈昨夜は退院以来の疲れが出たんだ〉

本当にそう思えた。

食後のショートホープを燻らせて歩く松さんの後を一歩遅れて工場の入り口を潜った。

「ご隠居さん、おはようございます」

今までと違って慇懃に口を利き、腰を折る松さんに「おや」と思った。何も説明を受けていなかった亮太郎には、とっさのことで松さんの後ろで突っ立っていた。

工場の事務所と自宅に続く上がり框《かまち》に畳が三枚敷いてあった。畳の上に大きな陶の火鉢が置かれて、夏なのに火鉢に火が熾《おこ》っていた。火に掛った鉄瓶から湯気が上がっている。火鉢に負けない大きな身体を大儀そうにした老女がお茶の支度をして、火鉢の前に座っていた。大柄な身体に合った大きな黒い目と分厚な唇、ぷっくりと肉の付いた鼻が下膨れの顔の中に納まっていた。

朝顔を染め抜いた藍の浴衣をゆったりと羽織って、胸元をくつろげた姿は女大黒だった。大儀そうに大きな目だけを動かすと、響きのいい声がした。

「おはよう、松さん、まあお茶でも一杯飲んで、それから仕事におつきな。あんたもそんなところに突っ立っていないでお座り。今、お茶を入れるから」

二人とも子供のように並んで框に腰を掛けた。

「昨日の夕立で雅子が声掛けた学生さんだね」

「はい」と小さく答える。

大柄の身体を捻じるようにして二人の前に湯飲みを置いた。

「じゃ、いただきます」

松さんはいやに畏《かしこま》って両手に茶碗を包むようにして取り上げると、ゆっくりと息を吹きかけた。ご隠居さんと呼ばれた老婆はそんな松さんには頓着せず、自分の茶碗に茶を注ぐ。目の前にいる二人を忘れたかのように、湯飲みのお茶をゆっくりと飲み下した。

「学生さんて聞いたけど、夜間の学生さんかね」

唐突に話し出した。

「いえ、昼間の学生です。わけがあって今、学校は休んでいます」

「身体を見るとあまり丈夫そうには見えないけど、大丈夫かね。ゆっくり休んで病気を治すのが先じゃないかい。わたしゃ、そう思うがね」

湯飲みを掌の中で回して、品定めをするような目が亮太郎を嘗め回していた。

「ご馳走様でした。それじゃ仕事に掛からせていただきます」

松さんが話題を避けるように立ち上がると、逃げるように仕事場に入っていった。

「ご馳走様でした」

亮太郎も小さな声で言うと、急いで松さんの後を追おうとした。

「学生さん、あんたの名前をまだ聞いてなかったよ。まあ、ゆっくり掛けて、少し年寄りの相手をしておくれよ」

ゆっくりと諭すように喋る女大黒様の貫禄が上げかけた亮太郎の腰を再び框に落とさせた。手早く松さんの飲み残しを棄て、ご隠居さんが二重顎を亮太郎に振り向けた。

「名前はなんて呼んだらいいのかね」

「はい、社亮太郎といいます。人は亮って呼びます」

「そう、じゃ私も亮って呼ばせてもらいましょ」

大きな二重の目がじっと心の奥まで覗くように見詰めてきた。

〈負けるか〉

じっと見詰め返した。

紺色の瞳に吸い込まれそうになって視線を膝の上に落とした。

優しそうな声がした。

「亮、あんた生まれはどこだい。親御さんは」

「生まれは、浅草です。親父は昭和二十年三月九日の空襲で亡くなりました。私が一歳とちょっとでした。母は今、信州で一人暮らしをしています」

湯飲み茶碗を布巾で拭いていたご隠居さんの手が止まって、眼を上げて亮を見詰めた。今までの強い眼光が、心なしか優しい眼差しに変わった。

「母親一人で、あんたを今日まで育ててくれたのかい」

「ええ、まあ」

「大変だったろう。あんた頑張って親孝行しなきゃ罰が当たるよ。半人前で終わるんじゃないよ」

真正面から目を見詰めて諭すように話す顔は真剣だった。先程の胡散臭そうな、値踏みするような目付きは姿を消していた。

「あたしの連れ合いが、この商売を始めたんだけどね。もう戦前のことさ。それが昭和二十年三月九日の夜が全てを変えちまった。……酷い夜だった、火の海の中を逃げ回ったよ。長い夜で、二度と夜が明けないんじゃないかと思ったね。もう永いこと忘れていたよ。そうじゃないね、忘れたふりをしてたんだね。思い出したくないからね、あんなことは二度と」

手の中の湯飲みを忘れて宙の一点を見詰め、亮太郎の存在を忘れたように一人呟いていた。母が時折、思い出して放心したように呟くのと同じ光景を目の当たりにした。ここにも母と同じ体験をした人がいたと思うと、不思議にこの老婆に親近感を覚えた。

それは、この老婆にとっても同じだった。

「この子も、あの夜に同じ火の海の中を逃げ回って生き残ったのか」

そう想うと自分の肉親に会ったような懐かしさがこみ上げてきたようだ。

「この辺はね、きれいに焼けてしまって、なあんにも残っていなかった。私ら夫婦に子供はいなかったから二人であっちこっち逃げ回って助かってね。でも私の妹夫婦は逃げ遅れて二人とも死んでね、一人娘が学童疎開で助かったけど、孤児さ。それが雅子の母親でね、私らの子にしたんさ。それに婿迎えてね。いい婿だ、よく働くし。身体だけ大切にしてくれたら、それでいいんだよ」

目が遠くを見詰め、両手が無意識に湯飲みを拭いている。

「おばあさん、初めての人にそんな話しても分らないでしょ。亮さん、困ってるじゃない」

雅坊と呼ばれて人気者の娘が、いつの間にか火鉢の前に座って言った。

「なあに、あの晩に火の中を潜った者は皆、同じ心を持っているのさ。若いのも年寄もなく。……亮には分っているのさ。ねえ」

優しい目が亮太郎の目を覗き込んだ。初めて自分を無条件で受け入れてくれる人がいたことに心が震えた。

〈やっぱり、ここに来てよかったんだ。ここが俺の居場所なんだ〉

確信が持てた。

「お嬢さん大丈夫ですよ。気持ちはよおく通じます」

「そうだよ、あの物凄い火の中を潜ったんだ。潜った者同士はよく分るんだよ。気持ちが」

昨日の雨宿りに家の中に誘ってくれたのは、この工場の一人娘だった。名前を雅子と言った。

戦災孤児になったと言われた雅子の母親に会ったのは、それから三日後だった。ご隠居の姪で、養子取りだと言うのに、まるでお手伝いさんのように独楽鼠のように働いていた。それを感心して話すと、「私は、嫁ですから当たり前でしょ」と、屈託もなく笑い飛ばした。そこには戦災孤児といわれる人の面影はなく、ただの明るく陽気な下町の女だった。

〈過去をいつまでも引きずっていては、前に進むことは出来ない〉

亮太郎の心にぽつねんと湧き上がるものがあった。

「皆さんがお待ちですから、これから仕事を教えていただきます」

丁寧に断って框から腰を上げた。

「亮、あんた半端なことは駄目だよ。一つずつけじめをつけていかなきゃね。いつか後悔する時がくるからね」

年寄の言うことは聞くもんだよと、工場に入ろうとする亮太郎の背に呟くような声が聞こえた。

「遅くなりました」

事務所とガラス戸一枚で仕切られた工場の中は機械のいっぱいに詰まった鉄工所だった。

クーラーの冷気が漂い、モーターが仕事始まりを急き立てて低い声で唸っていた。

騒がしい人の話し声は聞こえず、落ち着いた緊張感が朝の工場に満ちていた。

早くも鉄と鉄が擦れ合っている生臭い匂いと、熱を持った鉄を冷ます乳白色の水油の蒸発する匂いが機械の間から漏れ始めていた。

冷房の効いたそんな中で、四人の若者が大きな機械の前で神経を集中していた。

「ご隠居さんに捕まると、皆一度は今日みたいになるんだ。別に気にすることたぁねえよ」

松さんが笑いながら近づくと、そっと言った。

「さて、何をしてもらおうかな」

辺りを見回しながら呟いた。

「満、おめえん所、手は足りてるか」

細い鉄棒を五センチほどの長さに切り揃えていた近くの男の子に聞いた。

「松さん、靖んとこ、さっきから手こずってるみたい。靖を助《す》けてくれるかい。おいらは大丈夫だからさ」

工場の奥のほうを覗き込みながら、満と呼ばれた工員が松さんに答えた。切削機のハンドルを慎重に回して鋼鉄の塊に刃を合わせている工員が、靖と呼ばれた男だった。

靖雄の手元の鋼鉄の塊から紫色の煙が立ち上るのを確認し終わって、満が始めて亮太郎に人懐こい笑顔を向けてきた。

「靖んとこの、足元の切子をきれいにしてやってくれるかい」

切子が鉄の切屑であることを知ったのは、その時が初めてだった。

その時、満の言った意味が分からなかった。

「切子も知らねえで、鉄工所に来るのかよ」

手順が上手く運ばないと見えて、靖雄がそっぽを向きながら嫌味を言っていた。

「誰でも始めはなんにも分らんものさ。皆で教えながら覚えさすさ」

穏やかな調子で松さんが諭すように誰にともなく話して、その場を抑えた。

機械の周りに散らばる切子を箒で集めながら、人間関係の複雑な思いに新たな不安を覚えた。

腕の良さを買われて難しい作業を任されている彼は靖と呼ばれ、本名は靖雄で、皆に一目置かれていた。

そんな彼が、新人の初日にその目の前で作業が上手く進まないことは断じて許されることではなかった。面目を潰された焦りが、更に手順を悪くして朝から機械に当たり散らしていた。

そういえば昨夕、冷ややかな視線を送ってきたのは彼だったなと思った。

〈少々のことで尻尾を巻くことは出来ないぜ。この家の人の期待にこたえなくちゃ〉

箒を使いながら、もう一度心の中で呟いた。

最初の日はあっちこっちに突っ掛りながらも終えることが出来た。

「お疲れさん」

それぞれの仕事を仕舞うと呆気なく帰宅して行った。

昨日松さんが教えてくれた銭湯に浸かる。下町の銭湯は仕事帰りの職人と、遊び帰りの子供達の喧騒に沸き立っていた。ゆっくりと入れた足先に触れた湯は熱湯のような熱さだった。

「何事も初めては驚きの連続さ。一つずつ覚えていけばいい。焦ることはない」

熱い湯を我慢しながら、また一つ呟いた。

朝、潜った暖簾を分けて、飯屋の土間に立った。

「おう、若えの。亮って言ったっけ。ここに掛けな」

「また来ました。ほかが分からないんで」

「分からねえ方がいいんだ。何もほかに行くこたねえよ。毎日来りゃいいやな。で、なんにする。酒は止めて、飯だけにしておきな。適当に見繕ってやるから」

「お任せします」

「そう堅いこと言うなよ。もっと砕けなよ」

飯屋の親父とちぐはぐな話をしながら、夕飯を終えて塒《ねぐら》に帰る。

一人ぽつんと部屋の真ん中の卓袱台に肘を突いていた。慣れない環境の一日は痩せた身体には堪える。裸電球の下の黄ばんだ灯りが心細さを掻き立たせる。

〈ま、明日のために早く寝よう。でもこんなに早く寝むれるかい?〉

心の中で自分に話しかけてみる。

〈疲れているから、寝むれると思うよ〉

もう一人の亮太郎が眠気に耐えられない声で答える。

〈じゃ、布団を敷こうか〉

〈そうしてくれよ、明日の朝も早いからさ〉

押入れを開けると、引き摺り下ろすようにして寝床を整えた。

〈お休み〉

〈ゆっくりお休み〉

別の亮太郎が律儀に答えて眠りの中に落ちていった。


翌朝もその翌朝も、松さんは人懐こそうな恥じらいの顔を覗かせた。

「おはよう、飯をね、食おうと思ってさ。早すぎたかな」

「もう起きていました。一人は寂しいから一緒させてください」

丁寧に答えるが本当は放っておいて欲しい。昼は仕事で精一杯。夜は疲れですぐ寝たい。ゆっくりと来し方、行く末を静かに考えたかった。

仁丹は「これでいいよ」と言ってくれているだろうか。

それが一番だった。

下町の親しみが、この時ほど煩わしいと思ったことはなかった。

松さんは職場の皆に早く溶け込んで欲しいと思う一心だけの行動だった。病み上がりの亮太郎には、そんな親切心に心が及ばなかった。お互いの心に思うことが少しずつ違ってすれ違っていった。

一方、一緒に働く同年輩の少年達は自分の人生を真剣に歩み始めていた。自分の人生を摑みきれなく思い悩む亮太郎に、少年たちの目が冷ややかだった。

昼に職人達に連れていってもらった食事の後の昼休み、遠慮のない靖雄が正面から聞いてきた。

「俺らはさ、義務教育で皆憶えたんだ。亮は義務教育だけじゃ何にも覚えられなかったっていうことか。その上、高校だけじゃ足んなくて大学に行ったわけだよな。そんでもまだ足りねって悩んでるのか。悩むんじゃなくって、動いちゃったほうがいいと思うぜ」

言っていることは辛らつでも的を射ていた。

靖雄にとっては、学校は読み書きさえ教えてくれたらそれでよかった。彼は学問より職人としての技術のほうに重きがあった。技術を磨いて誰にも負けない良い職人になることが望みだった。知識としての学問は邪魔になるだけだった。工場に入ってくる人間は皆そういう人種だと思っていた。

そこに迷い込んだ亮太郎は、自分たちとは余りにもかけ離れた価値観の人間だった。靖雄はそれに戸惑うと同時に、亮太郎を理解出来なかったし、理解したくもなかった。

「何を考えながら仕事してるか知らねえが、おめえはちっとも手順を覚えられねえよな。考え事しなくなってから工場に来たほうがいいぜ。怪我の元だ」

ずっと細かく神経を張り詰める作業を続ける彼にとっては、要らぬ気を使う亮太郎が目障りだった。そんな靖雄の気持ちは亮太郎にもよく分かっていた。

タブーを破って言った靖雄の言葉に、皆が息を詰めるようにして亮太郎の反応を窺っていた。

「つまらん気を使わせてごめんよ。以後気をつけるよ。頭、悪いから一度に憶えられなくて大学まで行っちゃったんだよ」

冗談を装って靖雄の目を見ながらゆっくりと答えた。

一年前ならここで取っ組み合いの喧嘩になっていたかもしれない。

〈大人になったな。えらいよ〉

一人の亮太郎が褒めた。

〈あれは高校生だから許された。今、同じことをしたら社会から弾かれるよ〉

もう一人の亮太郎が笑いながら答えた。

「俺はさ、怪我されるのだけは困るんだ。それだけは注意してくれよな」

そこで昼休みは終わった。

暗かった工場内に次々と電燈が灯り、モーターに電源が入って工場が眠りから醒めていった。

異邦人の来訪

亮太郎、工場共に日々の変化はなく親切なご隠居の家族にも、これといった変化がなく工場長の心配も杞憂となって過ぎていった。

工場に変化はなくても仕事に慣れるに従って、亮太郎の心に少しずつ変化が起こってきた。

仲間の職人達は仕事を仕舞うと早々と帰宅する者、気の合った同士一杯やりに行くものそれぞれだった。

そこで交わされたり、一人ゆっくり考えたりの話題は、今日一日の仕事の手順のおさらいだった。反省された点はいかに解決したらよいか、明日はその手順をいかに変更するか、真面目に時間を掛けて検討していた。自分の技術の向上が一番の目的だった。相手をいかに出し抜くか、日々真剣勝負だった。

幼い日から職人の父親の背中を見て育ち、叔父や、兄貴や隣近所も、皆職人に囲まれた生活の中から彼らは、幼い頃から自分の進む道がはっきりと定まっていた。義務教育終了か、せいぜい高等学校卒業と共に誰にも負けない技術を目指して、しのぎを削り始める。

そんな現場に身を置く彼らには、父親の背中を捜しに来た亮太郎を理解出来なかった。二十歳を数えた人間が、未だに自分の進むべき道のないことが理解出来なかった

翻って生きる目的を探すことだけに縋っている亮太郎にとっては、ここが望んだ場所な

のか不安を感じていた。

初めの頃の緊張は、仕事の手順を覚え、そつなくこなせるようになってしばらくして、職人たちの神経に触らぬように気を張り詰めていることが苦痛になっていた。

自殺後の身体の回復ははかばかしくなく、日々、心が弱って陰鬱になってゆく。

〈毎日がこれかよ。明日もそしてずっと続くぜ。これが俺の人生なのか。このまま終わるのか〉

不安が心を鷲摑みにする。居ても立ってもいられぬような焦燥感が全身を締め上げる。

〈仁丹、どこにいるんだよ、そばにいて教えて欲しいんだよ。このままでいいのかって〉

目的に向かって自分の技術を磨くことに集中する職人達を羨ましいと思う。しかし、亮太郎は自分の目的を探すための希望を絶やさないように、自らを励ますことに疲れ始めていた。

壁に向かっていつものように心の中で仁丹に話しかけて、いつしか昼間の疲れに寝入っていた。

「亮、風邪をひくわ」

耳元で密かに呼ぶ声がした。夜更けの冷気が眠気を醒ましてくれた。汗の冷たさに身を震わせた。さっきまで身に纏わり付いていた蒸し暑さは去って、夜更けの冷気が身を包んでいた。

ゆっくりと卓袱台から身を起こす。卓袱台を挟んで向かい側から懐かしい声が微かに聞こえた。

「仁丹、迎えに来てくれたのかい」

小さな声で応えた。

「迎えには来ないわ。ちょっと励ましにね」

おどけたような声が耳元で弾けた。

「ねえ亮、私はいつもあなたの傍にいるのよ。だから人のことでくよくよしないの。今は自分のことだけ考えていてね。忘れないで、あなたの傍にいるのよ」

最後の声が微かに聞こえると、再び部屋は夜更けの静寂に沈んでいった。

「そうか、いつも傍にいるんだ」

口に出して呟くと、今度は深い眠りに落ちた。

その日を境に仕事を終えた後の楽しみが出来た。

裸電球の殺風景な部屋に希望が見つかった気がしだした。アパートの周りの部屋が寝静まる頃、亮太郎の部屋から愚痴と悩みの囁くような声が聞こえる。

しばらくの静寂の後、密かにそれに答える女の声が漏れるようになった。それが亮太郎の精神の異常が引き起こす幻覚や幻聴なのか、本人すら分からなかった。

いつしかアパートの人達が自分を見る目の変わったのが、亮太郎自身にも分かるようになった。

「亮、おまえ、夜アパートに女を連れ込んでいるのか」

朝工場に顔を出すと、いきなり社長が小声で声を掛けてきた。怖い顔が「どうなんだ」と聞いて来た。

「はぁ。どういうことですか」

「どういうことですかって。おまえのことだろ。アパートじゃ、皆が迷惑してるって文句が来たぞ」

「アパートの部屋は私、一人ですけど」

「じゃ、なんで女の声がしてるんだ」

「寂しいもんで、私が一人で女の役をして独り言を言ってるんです」

言いながら冷や汗が背中を伝わる。

〈これじゃ、俺は気違いと思われるぜ〉

早く社長の前から逃げ出したかった。

「亮、おまえは変わった性格してるな。一人で寂しかったら、うちの空いてる部屋に引っ越して来ればいい。夜中に女の声を出して近所を気持ち悪がせることはあるまい。今度の休みにでも引っ越して来い」

「いえ大丈夫です。今夜から気をつけますから」

「気をつけて声色を使うのか」

「違いますよ、今夜からは本でも読んでから休みますよ」

「そうか、でも一人で辛かったらいつでもここに来ればいい。忘れんなよ」

言い訳を終わると急いで工場に入った。

〈そうか、アパートの人達の変な目付きは仁丹との話し声だったんだ〉

「亮、しばらくお話はなしネ。近所にご迷惑みたいだから。でも心配しないで、仁丹ちゃんは、いつもこの部屋にいるからね。焦らなくっていいのよ。時間を掛けて自分の納得のゆく人生を見つければ」

周りが寝静まって誰も起きていないのを確かめた後で、仁丹が耳元で密かに囁くと含み笑いを遺して気配を消した。

そんなことの後、仁丹の声を聞かなくても昼間の疲れが眠りに誘ってくれるようになった。

それぞれの来し方

ぴりぴりした靖雄の仕事が山を越えたのは、亮太郎が工場に入ってから半月ほど過ぎた頃だった。嫌味を言って当たり散らしたことなんぞきれいに忘れて靖雄が、幹事になって亮太郎の歓迎会を開いてくれた。

朝と夕方、湯上りの帰りに立ち寄る定食屋は職人の仕事帰りの頃合を見計らって、居酒屋に変身した。変身した居酒屋に風呂帰りの若い衆五人と、若風を気取った工場長の松さんがテーブルを囲んだ。

「おやっさん、今日は亮の歓迎会だから気張ってくれよな。頼んだぜ」

靖雄が奥の調理場に、はしゃいだ声を掛けた。

「なんだ、亮の歓迎会はまだだったのか」

「うん、俺の仕事が手間取っちまってさ。今日やっと納品出来たから。亮には悪いことしちまった」

「それじゃ腕によりを掛けなくっちゃな」

いつもの調子で笑いながら、よしよしとばかりに首を振りながら六人の顔を覗き込んで調理場に入っていった。

「まず乾杯だ、松さん音頭、頼むよ」

「あいよ、亮がよく白石鉄工所に居付くように。乾杯」

「乾杯」

ビールがスーと皆の喉に落ちていった。ひと言の雑音もなく、ひたすら若い衆の胃袋を満たす時間が過ぎていった。

「俺にビール、そっちの皿、こっちに回せよ」

時々同じ会話が交わされる。ビールのグラスを持った松さんと、居酒屋の親父さんが若い衆のそんな光景を微笑んで眺めていた。

「昔は俺達もこうだったよな、松さん。元気だったぜ。御神輿担いだんだぜ。三社の」

「この間か」

「この間じゃねえよ。もう三十年も前さ」

「じゃ、俺はまだ生まれてねえ」

「嘘つけ。俺と大して年は離れてねえ」

「冗談じゃねえよ、俺はまだ嬶もいねえんだぜ」

「松さん、嬶がいねえんじゃねえ。嬶が来てくれねえんだろ」

「おきゃがれ。このくそ爺が」

食事の終わった六人が、二人の遣り取りを面白そうに聴いている。いつも始まる二人の掛合いがいつ聞いても面白かった。

「腹一杯になった。次、行こうか」

靖雄が言った。

誰言うとはなしで決まった。

「今日はひと区切りついたし行こうや」

「爺さん、たまには一緒でどうだ」

松さんが声を掛ける。奥をそっと窺うようにして。

「嬶が後でうるさくてね」

「だから俺は嬶を貰わねえのよ」

「違う、松さんのは嬶の来てがないの」

「何をそこでごちゃごちゃ言ってるの、さっきから。みんな聞こえてるよ」

調理場の奥から女将さんの元気な声が聞こえてきて全てが終わった。

雪崩を打つように店から飛び出すと、六人はてんでにお喋りしながら曲りくねった細い道をわいわいと進んで行った。

「いらっしゃーい」

若い女の子の元気な声が迎えてくれた。

ドアーの向こうは細ながーいカウンターが奥に続くスナックバーだった。

いけない場所に帰ってきたようで一瞬怯んだ。こういう場所は経験ありません、という顔をして皆の後から店に入った。店は開けたばかりでカウンターに人はいなかった。

「今日はうちの新入社員の歓迎会だよ。いつもみたいな安酒じゃ駄目だぜ。良いのをよう、頼むぜ」

出されたお絞りを使いながら、大げさにはしゃぐ靖雄を皆がニヤニヤ見ている。

「いらっしゃい」

グラスを皆の前にセットして若い子が近づいて来た。

靖雄が嬉しそうに手招きして呼び寄せる。

「今度、うちの会社に来た新入社員、よろしくな。で、この子はこの店のナンバーワン弥生チャン」

靖雄の前にグラスをセットすると、弥生と呼ばれた子がふと顔を上げて靖雄を見上げた。

「そう、新入社員の歓迎会なんだ。で、新入社員は亮ちゃんてわけ。ふうん」

お絞りを使う手が止まって、一瞬店の中に静寂が走った。

「なんで弥生ちゃんが亮を知ってるわけ」

靖雄の素っ頓狂な声が上がった。

亮太郎の前に立った女の子は分かるかなと、言うように首をかしげて微笑みかけてきた。

亮太郎は弥生と呼ばれた子をしげしげと見詰めた。丸顔で魅力的な大きな目が真正面から見詰めていた。その目から視線を外さずに小声で尋ねてみた。

「美貴ちゃん?」

濃い目の化粧が勝ち誇ったように微笑むと、小さく頷いた。

「ここでは弥生よ。昔の名前は忘れたの」

俯いて小声で呟くとグラスをセットして去って行った。

山の手の「Ｂａｒ　灯」でグラス洗いしていた時、美貴と呼ばれていた子がいた。いつも亮太郎に物言いたげにしていた。明るく振舞う仁丹に譲るようにして、ひっそりと接客していたのを思い出した。

そんなおとなしいのが好くて通ってくるお客が結構いた。

こんな東京の隅にまで知り合いがいることに驚くよりも煩わしさが先にたった。

〈この後、何にもなきゃいいがな〉

煩わしさの中に、なんとなく不安が潜んでいるような気がした。

「亮、おまえはさ、俺が気になってる女の子をどうして先回りするんだよ。雅坊だろ、それに弥生ちゃんだろ。隅田川は初めて渡りましたって言ってたけど、本当は前から本所にいるんじゃねえの」

何杯かのウイスキーの水割りに酔いが回った靖雄が絡んできた。

「はーい、靖ちゃん、弥生ちゃんがよーくご説明してあげますね。新入社員を苛めちゃ駄目でしょ」

上手く靖雄の機嫌をとりながら弥生と呼ばれている「美貴」が、酔っ払いをあしらってくれていた。

これから何かが起こりそうで、〈仁丹どうしよう〉と心の中で呟いた。

靖雄の機嫌をとりながら亮太郎の存在を意識しているようなそぶりの美貴から、一刻も早く離れたいと思った。そんな亮太郎を見ていたのか、松さんがそっと肩を叩くと「外へ」と目が言っていた。

そっと開けた扉の外の暗闇は昼間の熱気に満たされていた。

「若い者は自分の酒の量が分からねからな、きりがなくっていけねえ」

遅れてドアーを開けて出てきた松さんが、誰に言うでもなく呟くとショートホープに火を点けた。

「まだ宵の口だ、俺の知ってるところでよけりゃ行くかい」

腕時計を覗き込んで亮太郎に言った。

「私はこの後、何もありませんから。よろしければお供します」

「じゃ、ちょいと行くか。今日は浅草寺のほおずき市だ。顔出していくか。ほおずき市は知ってるかい」

「行ったことはありません。一緒していいんですか？」

「一人よか二人の方がいいやな。一人であんなところほっついててみな、碌なことたぁねえよ。ほおずき市の日に観音さんをお参りすると、四万六千回参拝したご利益《りやく》があるってんだよ。本当かどうか試した奴はいないがね。まあ、嘘でもこんな蒸し暑い夜は家の中にゃいられないから夕涼みにゃ丁度いいがね。昔の人は上手い理屈を考えたもんだよ」

タクシーを降りて人波に押されて浅草寺の東門の二天門を潜り浅草寺の境内に入った。

浅草寺の本堂をぐるりと取り巻いて緑灰色のテント張りのほおずき売りの夜店が櫛比している。本堂前の大きな線香立ての灰の上に献された線香の煙と香りが境内を覆いつくしていた。テントの間に重く垂れ込めた湿った空気が、更に線香の香りを強くしていた。

煙が綿飴屋、お好み焼き屋、焼きそば屋、金魚掬い屋、射的屋の間をゆるゆると流れて縁日の夕闇を覆っていった。

人波を気にするでもなく、タバコを咥えて松さんが人混みの中を泳いでゆく。境内のテント小屋の軒先には、ほおずきの鉢と水の滴った「釣忍《つりしのぶ》」が並べられていた。

松さんと一緒に冷かしの客が一軒一軒声を掛けてゆく後ろを付いて行った。若い衆は男も女も、若いのも年寄りも半纏を粋に着こなし、紺股引を着け黒鼻緒の雪駄を履いていた。

半纏姿が店の前の人波の一人ひとりに声を掛けていた。

「ほおずきだよ、縁起ものだよ。病除けだよ」

亮太郎はそんな小屋の一軒に目が留まった。

ほおづき鉢の奥で七輪に掛けた薬缶でお湯を沸かしている老いた、元若衆がいた。

年老いた細い身体でありながらも、曲った腰に角帯がキリッと締まっていた。歌舞伎色の粋な半纏の襟が「半村」と染められていた。

真っ白な髪は短く角刈りに手入れされていた。目が鋭く光って年を感じさせなかった。

亮太郎の視線を感じたようにふと目を上げた。鋭く光った目線がふと柔らくなったのを感じた。七輪から腰を上げると、雪駄の音を粋に響かせて二人の前に来た。

亮太郎は冷やかしの客の自分に何か文句をつけに来たのかと思って身構えた。それは亮太郎でなく松さんに近づき、松さんの袖を摑んだ。

「若、久しぶりだなあ。元気にしてるか、小遣い不自由してねえか、小遣やろう、え、若、大丈夫か」

「おいら、若じゃねえよ、うるせいからあっち行けよ。爺さん」

松さんが年寄りをひと睨みして袖を摑んだ手を邪険に振り払うと、不機嫌そうな声を掛けた。亮太郎に急げというように顎をふると、人混みを分けるように急ぎ足になった。

「若、……」

立ち竦む年寄りの脇をすり抜けて松さんを追った。老人の脇をすり抜ける時、ちらと老いた目に光る涙が見えた。不機嫌そうに早足になった松さんを追いながら、背中をじっと見詰めた。

〈あの背中には、きっと大きな荷物がへばり付いているんだろうな〉

いつもの陽気な松さんの変わりように不安が募った。

人ごみの疎らを探すようにして、路地から路地を無言で歩いた。薄暗い路地に曲ると、格子戸に薄く光の点《とも》している小さな店があった。水を打った入り口の脇で咥えていたショートホープを草履の爪先でもみ消すと、小さな暖簾を分けた。

「いらっしゃい」

落ち着いたしっかりした声が迎えてくれた。

「世話んなるよ」

いつものおどけた声ではなかった。

「これは、若。お久しぶりで」

「ここで若はよしてくれ。連れがいるんだ」

「久しぶりなもんでつい。失礼いたしました」

松さんとおっつかっつな年頃の板前が、白木のカウンターの前に立っていた。

白木のカウンターを手早く白い布巾で拭く。改めて畏敬の眼差しで松さんを見詰めている。

店の中を見回すと、五、六人も座ればいっぱいになるような白木のカウンターだった。

灯りが照らし出した店は掃除が丁寧に行き届いたきれいな割烹だった。

〈皆が松さんと気安く呼んでいるこの人は、一体誰なんだ。来たこともないここで、何かが起こったらどうする〉

亮太郎の胸に不安がよぎった。

「ご新規お二人さん」

よく通る声で奥に声を掛ける。

「いつものでよろしいですか？」

俎を拭きながら板前が声を掛けた。

「ああ、そうしてくれ」

「お銚子とお猪口二つ」

もう一度声を掛けてからカウンターに身を乗り出した。

「浅草寺で武さんにお会いになりましたか」

「ああ会ったよ。相変わらず『若』で困ったぜ。あれも耄碌《もうろく》したな」

「確か、今年で七十三くらいじゃないですかね」

「ああ、そうかもしれね」

「お待ちどうさま。いつもご贔屓にありがとうございます」

お盆に銚子と猪口を載せて涼しげな一重に、白い前掛けをした女将さんらしい人が挨拶している。二人に酌をし、「どうぞ、ごゆっくりしていって下さい」と丁寧に腰を折って下がって行った。

猪口を目の高さに捧げると二人とも黙って飲み干した。

カウンターに両肘をついて板前の包丁の先をじっと見詰めていた。

「亮、半端はいけねえよ」

猪口に酒を注ぎながら松さんがぽつんと言った。

「どんなことで本所に来たかは聞かないがね。おまえさんは本所で職人になれるような人間じゃない。ちゃんとした教育を受けて真っ当に人生を歩かなきゃな。なんでこんなことを俺が言うか、不思議だろう。……亮、さっきから俺がどんな人間か不思議に思っているだろうな。まあ、不思議に思うのは当たり前さ。浅草寺では、変な爺が出てきていきなり『若』だもんな。そしてこの店でも『若』だしな。それは俺の生い立ちがちょいと変わってるんで、こうなっちまったのさ」

それは戦前のことだった。松川次郎の祖父は向島で染物屋だった。しかし、染物屋は表の家業だった。戦前には、まだ博徒という名前が罷り通っていた。一家を持った博打打が本業で浅草に根を張っていた。

彼がそれを知ったのは博打の縺《もつれ》の出入りで父親が殺された時だった。小学校の低学年の時だった。何年生の時だったか、それは思い出せないし、思い出したくもない。幸いにも、そんなことはきれいさっぱり忘れてしまった。

ただその時から周りの大人も子供も、一斉に彼から一歩距離を置くようになった。

松川次郎の父親が斃れた跡目を継いでやり直すには、祖父には荷が重すぎた。跡目を継げるような若い衆もいなかった。

祖父は最後の力を絞るようにして一家を始末した。足を洗って真っ当な職業に就く者、中途半端に消息を絶つ者、それぞれだった。

目の前にいる板前の神田修も足を洗った一人だった。子分の中に井出武市がいた。松川次郎を「若、若」といつも背中に背負ってあやしてくれた。

「若、親父さんの敵《かたき》は若が取らなきゃいけねえよ。そのために武は若が大きくなるまでこの世界にいるからな。若、一緒に親父さんの敵を討とうな。約束だぜ」

一日のうちに何度も何度もしつこく若に口説いたものだった。

祖父は過去をきっぱり忘れた生活の中に入っていった。

「これから学問を付けなきゃ、世の中に生き残っちゃいけねえよ。一生懸命勉強するんだ」

事あるごとに耳元で言い続けた。

二人の相反する意見の間で、松川次郎は若い血の燃え上がらせる方向に戸惑った。

下町育ちはこつこつ努力より、ぱっと結果が出るようなことに熱中するように出来ていた。祖父の目を盗んでは盛り場をほっつくようになった。彼にはいつも影のように井出武市が寄り添っていた。昔から武市は、なんだかんだと用もないのに纏わり付いて世話を焼くのが好きだった。

いつの間にか街の顔の一人になっていた松川次郎に、

「若、悪《わる》になっちゃいけねえ。敵討ちを忘れちゃいけねえよ。小遣いなら武が幾らでも用意するから、かつ上げなんかしちゃいけねえよ」

とうの昔に親父の敵討ちなんて忘れていたし、そんな気は少しも持ってはいなかった。

祖父と井出武市の目が光って街の悪にもなれなかった。

「結局、中途半端に工業高校を卒業して、腕っこきの職人にもなれず、町工場の職人の頭ってわけさ。今になればな、も少しなんとかならなかったかなと、後悔だけさ。……まあ、それが人生だってこともあるがな」

猪口を掌の中で弄びながら寂しさが口元に浮かんでいた。

「浅草寺で武さんにお会いになって、武さんはどうでした」

話のひと区切りを感じたように板前が話しかけた。

「どうもこうも、いきなり人混みの中じゃ、返事の仕様もねえよ。小遣いに不自由はないか、小遣いやろうかて言うんだもんな。たまに会ったら優しい言葉の一つも掛けようかと思うけど、あれじゃちょっとな、きついぜ。今度会ったらよく言っといてくれよ」

「分かりました、言っておきましょ。武さん泣いて喜ぶでしょうよ」

「耄碌の上、涙脆くなって。爺さん先が危ねえな。お前がしっかり見てやってくれよな、迷惑だろうが」

「まあ、出来るだけのことは。同じ釜の飯食った仲ですから」

それを潮にカウンターから立ち上がった。

店の外は湿った夜の空気がじっとりと重く町に立ち込めていた。

「亮、中途半端じゃ人生は後悔だけさ、区切りはちゃんとつけときな。学校に戻るこった。おまえを見てると、俺のようになるんじゃねえかと気が気じゃねえんだ。何を悩んでいるのか、そんなことは俺には関係ねえが、悩む時は徹底して答えが出るまで悩め。しかし仕事の間は仕事に集中しろ。それが出来ないなら仕事を止めるべきだ。

工場の連中だって靖雄だって、それでおまえに文句を言ったり、怒ったりするのさ。……だがな、今日でおまえもしっかり工場の仲間さ。明日からへまするなよ。

しかし今、おまえが一番しなきゃならんことは学生をしっかり終わることだぜ。なんで学校へ行かねえかそら俺には分らんが。しかし行きな、学校終わってそれでまだ白石金属加工所がよかったら来ればいい。

そうだ、学校に帰りたくなるように明日から、おまえのことは学生さんて呼ぶことにするぜ。皆にもそう言っておこうぜ。それでも、うだうだ言うようなら皆でたたき出すさ」

本気とも冗談ともつかぬ声でショートホープに火を点けた。

街がすっかり眠りに落ちた頃、松さんと別れて部屋に辿り着いた。

アルコールが身体を興奮させていて夜が眠りを運んできてくれなかった。アパートの中は咳一つ聞こえなく、寝静まっていた。

卓袱台に肘を突いて今日までのことをぼんやりと考えていた。

「今夜はご機嫌じゃない」

含み笑いを交えて仁丹が耳元で囁いてきた。

「松さんにいろいろと聞かされてさ。仁丹も聞いたろ」

「傍で聞いてたわ」

「ああ、それから『灯』で一緒だった美貴ちゃんに会った」

「うん知ってる、厄介なことにならないといいね」

「何かありそうかな」

「まあ、その時はその時ね。もう眠りなさい。亮、明日の朝がまた早いわ」

耳元で優しい囁きがくると、それにつられるように静かな眠りがやってきた。

半醒半睡

朝、工場に顔を出すと「亮」と呼ぶものは一人もいなかった。

女大黒のご隠居さんまで「学生さん」と呼ぶ有様だった。誰もが中途半端が嫌いだと言っているようだった。

昨日までと違って仕事を手取り教えようとする者がいなくなって、もとの追いまわしの仕事しかなかった。でも誰もが意地悪しているわけではなかった。

一人ひとり自分に合った人生を歩むべきだと主張している証だった。

「学生さん」と呼ばれても、別段の意識を感ずることもなかった。

〈これが今の人生だから、これを全うしなくては、隅田川を越えた意味がなくなってしまう〉

亮太郎の今の信念だった。

一日の仕事を終え、アパートに真夜中の静寂がくる。その時が仁丹との会話が唯一の楽しみだった。

「亮、喫茶『再会』のマスターが手伝いを欲しがっているわ。瑠璃があなたを探してるの。皆が亮を心配してる。一度、皆に会ったほうがいいと思うけど」

珍しく仁丹の口から過去の人達の消息がもたらされた。

「仁丹、そのことはもう過去のことで、今は引き返せないところにいるんだよ。何故そんなことを言うんだ。しかも君ともあろうものが。今は夢を実現するために君の力さえも借りているのに」

「亮よく聞くのよ、夢は見るものなの。目を覚ませば儚《はかな》く消えるものなの」

「今、俺は寝てなんかいない。しっかり目を醒ましているよ。儚くなんか消えない」

「今のあなたは眠っているのと同じ状態なの。いつか後悔する時がくるのよ。私には見えるの」

喫茶店「再会」は学校の大通りの向かい側を一本入った静かなところにあった。授業を終えると、瑠璃とそこで待ち合わせて一緒に帰路につくのだった。

心に傷を持った「再会」のマスターにとって、二人は自分のような過去を持たせたくなかった。いつも二人の上に十分すぎる注意を払って見守っていた。

二人が別々の道を辿るようになった時の、彼の嘆きに二人は戸惑ったものだった。

瑠璃を見守るのが亮太郎の務めだと激しく詰め寄り、そのために「再会」を手伝えとも言った。

しかし、その申し出を無下に断って仁丹と薬を飲んだ。

今更なんて言ってマスターの前に立てるんだ。

瑠璃の前に顔を晒せれるのか。

「仁丹、今夜の君はおかしいよ、何があったんだ。それとも未来に嫌なことでもあるのか。いずれにしても、もう少し自分を試してみたいんだ」

「分かったわ、今夜はこれくらいにしましょう。ゆっくりお休みなさい」

優しい声が耳に心地良く響くと、ゆっくりと眠りが誘いにきた。

左腕に仁丹の小さな乳房の感覚が蘇り太腿に柔らかな陰毛が当たって、「仁丹が添い寝している」と、そのまま眠りに落ちていった。

いつも亮太郎の味方をして愚痴聴きに徹していた仁丹が、自分の意見を喋ったことに違和感を覚えた。

その夜を境に仁丹の訪れがなく亮太郎の心の落ち着かない日が続いた。

一日の終わりは、銭湯に行って汗を流して終わりとすることが習慣になっていた。

混雑した風呂屋の高い天井はこだまする人の声と、カランに跳ね返るものの乾いた大きな音が混ざって、とにかく下町の銭湯は忙しなかった。

「おーい、そこの若いの、水入れちゃだめだ、湯がぬるくなっちゃう。身体はよく流してから入りなよ、湯船が汚くなっちゃうからな。……子供、そこで泳ぐんじゃねえ」

親切か、真っ赤に茹《ゆ》だった親父が一人、湯の番みたいに毎日世話を焼いている。そんな中をカラスの行水のように、さっと身体に熱い湯を掛けただけにして職人達の湯が終わる。後に残った老人と子供達がゆったりと湯に浸かって、番台の親父が退屈そうにテレビに目をやっていた。

そんな光景を横目に見て亮太郎は銭湯の玄関を出た。

昼間の熱気が残るアスファルトでも、風呂上りの頬には涼気が吹き抜けていった。涼気にほっとひと息ついて歩き出そうとした時、そっと亮太郎の背中に手を触れる人がいた。驚いて振り返ると、そこに出勤姿の「弥生」と呼ばれている美貴が嫣然《えんぜん》と微笑んでいた。

「一度の顔見せでさよならじゃ、ちょっと冷たいんじゃないの?」

「体調があまりよくなくってさ、夜更かしは避けてるんだよ」

「靖チャンにそれは聞いてるわ、でも美貴のためにたまには顔出してね。お願い」

肩の大きく開いたティーシャツの胸元にこれ見よがしに豊かな谷間が覗き、大きな黒目がちの瞳が下から挑発的な輝きを見せていた。

かつて一緒に働いていた頃の美貴は控えめで目立たない娘だったと思った。偶然再会してみて、過去は造っていたんだと気付かされる。

久しく忘れていた熟れた女の匂いが香水と混じって鼻腔を刺激してくる。短くカットした髪、豊かなバスト、括れたウエスト、ほっそりした足、媚びる口元と微笑み。全て計算していいるしたたかな女が目の前で誘惑していた。この女はこんなに魅力的だったんだと目を見張る思いがした。

部屋に帰っても仁丹が今夜来てくれるかは分からない。たまには、生きた女と話をするのも悪くはないなと思った。

〈ひょっとすると、仁丹の代わりはこの娘なのかもしれない〉

心の隅を一瞬そんな思いが掠《かす》めていった。

「分かったよ、店まで送ろう」

「やっぱり亮ちゃんは優しいわ。送るだけじゃ、やだからね。今夜は最後まで付き合ってもらうからね」

全身からむせ返るような女の匂いをさせながら、美貴が腕を絡ませてきた。

その夜の店は客足が早く、ゆっくり話をする間もなく、美貴は良い気持ちに出来上がってしまっていた。

「ごめん亮ちゃん、ほっぽり出しでお話も出来なくて」

足元をふらつかせながら美貴が近づいてきた。

「忙しくて結構じゃない。混んできたようだから俺は帰るよ」

「また来て、約束よ。今夜はありがとうね。今度、亮ちゃん家《ち》に行くわ」

耳元で囁くと声を掛けられたお客の方へふらつきながら去って行った。

下心がなかったわけではなかったが、何もなかったことに正直ほっとして扉を押すと、未練を感ずることもなく足を急がせた。

今夜の報告をしたくて仁丹を待ったが、睡魔が迎えにくる頃になっても彼女は来なかった。仁丹の乳房と陰毛の感触を大切に眠りの中に落ちていった。

その夜を最後に、仁丹は呼びかけても訪れることはなかった。

少し太って身体が以前のように機敏に動けるようになった。仕事場で足手まとい扱いを受けることが少なくなっていた。そうすると仁丹との会話を、あれは幻と幻聴だったのかなと自分を疑うようになっていた。

仕事が終わると、以前と変わって長い夜を持て余すようになっていった。そんな頃を見透かしたように、美貴がアパートに顔を出す回数が増えていった。

一人で夏の夜を過ごすよりは涼しいスナックバーで過ごすほうが楽しかった。

酔った若い二人が男と女の関係になるのに時間は掛からなかった。

季節は真夏に入っていた。

〈仁丹が来ないってことは、美貴が仁丹の生まれ変わりってことかも〉

そう信じ始めていた。

「亮ちゃん、美貴をあんたの歴史の一ページにしないでよ。亮を私の歴史の一部にしたいんだからね。高円寺のお店で初めて会った時に、私は亮ちゃんに一目惚れだったのよ。でも亮ちゃんは里枝がよかったのよね。里枝がちょっかい出して亮ちゃんを美貴から攫《さら》ってった。美貴は悔しかったのよ。でも許したげる。今こうしていれるから。亮ちゃん、よかったらこの部屋に越してこない。一緒に生活したほうが何かと便利じゃない」

「そいつはちょっとね。美貴ちゃんに迷惑になるし、このアパートの人の目もあるしさ」

「大丈夫、このアパートの人達皆他人に干渉しない人達ばかりだから。心配ないの。美貴もさ、一人じゃ本当は寂しいし、夜遅い帰りだから怖いしね。ううん、無理とは言わない。一応考えといてよ」

未来を真剣に考えると中途半端はまずいなと思う。

社会の中に入ってゆこうと思うと、その厚い壁を突き崩す努力に絶望する。社会の縁で静かにひっそりとして人生を終わりたかった。誰にも認められず、誰にも迷惑がられず、ただひたすら路傍の石ころのように。

それが唯一の希望だった。

「それじゃ、生まれて来た甲斐がないじゃない。美貴は絶対嫌だからね。亮ちゃん、あんたなら絶対に成功者になれる。美貴が協力するから。二人で楽しい人生を造りましょ」

「楽しい人生か。楽しくなくていいから静かな人生が欲しいな。俺は」

「駄目、それじゃ。たくさんお金があって、欲しいものがいつでも買える、そんな人生でなきゃ駄目よ。分かった、亮」

亮ちゃんがいつか亮に変わっていた。

そんな美貴の顔を眩しいものを見るように目を細めて見入っていた。

仁丹の身体の感触が今でも残っている。

濃く硬い陰毛、掌に溢れる乳房の美貴。

〈これは仁丹ではないのかもしれない。でも、違っていれば仁丹が声を掛けてくるはずだよな〉

「何を考えてるの、亮。寂しそうな顔をして。もうこれからはそういう顔するの止めてね、もっと楽しい顔してくれなきゃ、希望がなくなっちゃうでしょ。美貴ちゃんのために張り切ってくれなくちゃ。約束よ」

仁丹のとは比べようもない豊かな乳房を押し付けて唇を重ねてきた。鼻腔一杯に女の香りが押し込まれてきた。

〈もうどうでもいいや。行き着くまで行くしかないな〉

そして理性が掻き消えていた。

「亮、折角生まれたのよ、人目に付かずにひっそり生きるなんて私は嫌い。面白く可笑しく好きなことして終わりたいの、それが私の夢。私の夢のために亮、あんたは努力してくれなきゃ駄目じゃない。私が欲しいでしょ」

うなじの香り、豊かな乳房、括れたウエスト、潤った股間、一つひとつを確かめる。

この女にのめりこむほうが簡単だよと囁く自分の心に従おうとしていた。

「亮、二人の幸せのため一緒に歩こう。そうすれば私の考えが正しいって分かるわ」

大きな瞳が亮の眼の中を覗きこんで駄目を押して言った。

勝ち誇ったように嫣然と微笑んで下腹を押し付けてきた。

ずるずると女に引きずられて続く生活は、周りの人達に異臭を撒き散らす結果となってきた。

「周りの人に気を使っていたら生きてなんかいけないからね。ほかの人なんかほっときなさい。二人の幸せだけ見つめてくれなきゃ、嫌っ」

いつも両腕を亮太郎の首に巻き額をくっ付けて喋り続ける美貴に、当惑を覚えるようになっていた。

〈一緒に歩むにはちょっと違うかな。仁丹、これがおまえの本当の姿かい〉

時々、そっと心の中で呼びかけてみる。心の中はただ静寂が広がるだけだった。その静寂が新たな不安を醸し出す。

〈仁丹が本物なら、こんな生活を楽しいと思うわけないよ。傍にいつもいるって言ったけど、これを見られているとすればこんな恥ずかしいことないな。仁丹なんとか言えよ〉

しかし答えはなかった。

悪徳の匂いを振り撒くような生活がエスカレートしてゆくのに身を任すことで、良心から逃避していった。

ひときわ酷くなった痴態が済んで眠り込んだ美貴の寝姿を見下ろして亮太郎の心が疼いた。

〈この女は捜していた仁丹じゃなかった、こんなのに振り回されていたのか〉

仁丹にすまない思いが胸一杯に広がり、無駄な時間を費やした目の前の女が憎かった。

〈もう一度、始めからお浚《さら》いし直そう〉

そっとベッドを抜けると電話卓の上のメモに、「さよなら、思い出をありがとう」と書き付け、そのまま部屋を出た。

ドアーを閉め、しばらく扉に背を持たせて二度と来ることがないだろう部屋の記憶を消し去った。

目を瞑って身体に残る美貴の肉体の記憶の一つずつ千切るように消し去った。

「仁丹、君の思い出だけあればいいからさ。呼んでもちっとも返事がなかったから、美貴が俺の夢の人かと錯覚しちゃったよ。仁丹も冗談が過ぎるよ」

愚痴をそっと呟いて、振り返ることもせず階段を駆け降りて行った。

仕事場は難しい注文を乗り越えると、何事もなかったように平穏に過ぎていった。

「学生さん、こっちをちょいと手伝ってくれるか」

相変わらずおまえのいる場所は学校だよと、皆が意思表示してくる。学校に戻る目的が未だに確《しか》と見えてこなかった。いつも社会の壁に怯え続けていた。

〈この怯えが消え去ったら、勇気が湧いてくるかもしれない〉

息詰まるような怯えが身体を覆うたびにじっと耐えて願った。怯えの原因が分からなかったのが、更に不安にした。

銭湯の前に美貴が立っていた。考えられないことではなかった。頭のてっぺんから爪先まで「夜働いてます」と言っていた。美貴の周りだけが場違いに明るかった。

周りの目は好奇に満ちていた。子供達が無遠慮に美貴の周りを一周して、「お姉ちゃん、きれいだね」と、無邪気に声を掛けている。

「そお、ありがとう。そんなにお姉さん、きれい」

子供達に微笑みかけたお礼の言葉と裏腹に、怖い目が亮太郎を睨んでいた。黙って彼女の腕を摑むと、ぶらぶらと人の目から離れた。

人気《ひとけ》のないブランコと砂場だけの小さな遊園地があった。周りを鉄棒に囲まれていた。

鉄棒に並んで腰を下ろした。

「美貴は随分考えたの、いろんなこと。そして亮の考えが一番大切なことだって思ったの。人生で。だから、もう一度美貴と一緒にやり直して欲しいの。それで今日お願いに来たの」

言葉は丁寧だった。話しながら、ちらちらと亮太郎を盗み見る目に怒りがあった。

首を傾げて美貴を眺める。

〈考えてみれば、こんな派手な女に社会の隅でひっそりと生きようなんて言うほうが土台無理なんだ。この女をこれ以上不幸にしないためにも、俺が悪人になったほうがいいな〉

本心そう思った。

「美貴ちゃん、俺はこんなどじで、気も小さくてあんたに相応しい男じゃないんだ、あんたのような女性には、もっと立派な男が似合うと思うし、そういう男のほうが幸せにしてくれると思うよ」

「散々遊んで、飽きたから別れようって言うわけ。随分身勝手な言い方じゃない」

「そうじゃないさ、俺といたんじゃ、いつも同じことを言い争うことになるのさ。お互い向う方向が余りにも違いすぎるのさ」

「美貴が変わるって、言ってるでしょ」

「ひっそりと社会の片隅で人に目立たなく生きるなんてことは普通の人は考えないさ。特に若い人はね。そんな生き方はいつか後悔することになるだけだよ」

「どうしても別れるって言うの。別れるんなら遊んだ分、返して欲しいわ。それが男でしょ。出来ないなら、私の言うことを聴いてくれなきゃね」

「遊んだのは俺だけじゃない。美貴、おまえだって結構喜んだはずだぜ」

売り言葉に買い言葉で、口を出た言葉の酷さに遣り切れなさを感じ腰を上げた。

「随分な言い方ね、男は、いつも最後はそういう言い方で居直るわけね。里枝にもそう言ったの。そして殺したわけ。でも私は諦めないからね」

〈俺は仁丹を殺しちゃいない。何も分からないくせに。分かった風な口を利くな〉

そう叫ぼうとするのを堪えると、美貴に背を向けて足早に遊園地を後にした。

殴られるのを覚悟で口にした「殺したのね」に対して、亮太郎は顔色も変えずにただ憐みに満ちた眼で美貴の大きな目を見詰めると背を向けて去って行った。

〈何故、普通なら必死で弁解するはずでしょうに〉

美貴は亮太郎の振る舞いに拍子抜けする感じだった。

〈きっと図星だったんだわ。言い訳出来ないんだ。ならいいわ、追い詰めてやるからね〉

亮太郎は二度と自分に帰って来ない〈なら彼の人生を苛めてやろう〉、そう思うとその悪意に興奮してきた。

〈でも何故、亮太郎に執心するんだろう。何も彼が始めての男でもないのに〉

ちょっと考えてみる。

〈そうね、優しさかな。それとなんとなく翳りがあるよね。何故か〉

派手に見える風貌の中の翳りが彼女を惹きつけていた。その翳りが男と女になった時、母親に甘える子供に変わっていた。しかし、それは亮太郎が意識して振舞っているのではなかった。天性が全身から滲み出て、美貴に息苦しいほどの魅力を醸していた。

それを考える時、もう一度手元に引き寄せたかった。身悶えるほどに。

その思いは美貴の敗北を意味した。

そんな思いを心の奥に押し込む。

「私はプライドを傷つけられた。このプライドを守るためには復讐しかない。見てらっしゃい、絶対に逃がさない」

口に出して呟いた。

迷妄の報い

工場の朝は軽いモーターの音が響いて鉄の塊を削る生臭い匂いから始まる。しかし、その朝はモーターの音は軽く唸っていたが、鉄の塊から生臭い匂いは立たず機械の上に置かれたままだった。

亮太郎が入って行った時、モーターの音は聞こえず苛立った声高な声が聞こえた。

「不手際があって靖雄の奴、苛立っているな」

ガラス戸を開けると、入り口に背を向けた四人に囲まれていた靖雄と眼が会った。首に掛けたタオルを外して亮太郎を指差して、憎々しげな目を向けた。

「ほおれ、人殺し様のお出ましだ」

吐き棄てるように言葉を投げかけてきた。

「とにかく俺は人殺しと一緒に仕事をするのは御免蒙る。この工場は人殺し学生を採るか、俺を採るか、はっきり決めて欲しい」

〈美貴か！〉

顔から血の気が引いていくのが分かった。

〈もう、ここにはいれない。言い訳をしたら仁丹が可哀想だ。美貴にも辛い思いをさせる。ここを出てゆこう〉

とっさにそう考えた。

じっと見詰める五人の仲間を見回して、頭を下げてガラス戸を開けた。

事務所の小上がりの火鉢の前に、女大黒のご隠居と社長の家族が座っていた。

「行くかい、これを潮に、中途半端は止めにして学校にお戻りよ。どうした経緯で心中したかは聞かないし、知りたいとも思わないけど、いつまでそんなものを背負って行く気だね。人間は明日に向かうしかないんだよ。空襲の中を潜って来たこと忘れちゃ駄目だよ。この先いろんなことにあってもね。行きなさい。短かったけど、これも何かの縁だね」

〈明日が怖かったんです。だから死にたくなったんです〉

咽のすぐそこまで出掛かっていた。

亮太郎をこの工場に誘ってくれた娘の雅恵がじっと、ご隠居の後ろで見詰めていた。

〈さよなら、ありがとう〉と言おうとしたが何も言えなかった。

彼女も何も言わなかった。

社長と奥さんに感謝をこめて頭を下げた。

言葉が出なかった。何を言っていいか分からなかった。

娘の雅恵が目を逸らすと何も言わずに奥へ引っ込んでいった。少女の潔癖さが、その後ろ姿いっぱいに表わしていた。

〈ごめん、君の期待にそえなかった〉

心中で詫びた。

ガラス戸を開けると、上り始めている朝の強い日差しが目に入ってきた、その上に雲の欠片《かけら》もない真っ青な空が広がっていた。

〈今日も暑くなりそうだ。さて、どこで時間つぶしをしようかな。この街とも、もうさよならだね〉

感慨と、寂しさと、悔しさと、失望といろんなことが一遍に心の中を満たしてきた。

「弥生ちゃんの言った通りだろう。嘘だったら亮は何か説明するだろうが。奴は何にも言い訳が出来なかったじゃないか。でもよ。おいら、あいつが憎くって言ったわけじゃねえんだぜ。ただ、ぐざぐざ自分の中に籠ってるからよ、男なら、もっとしゃきっとして貰いたかったんだ。真剣に職人になりたいのか、学生に戻りたいのかはっきりしない。おいら中途半端が嫌いなのさ、どっちかに決めて欲しかったのさ」

意地になって靖雄が、みんなの顔を見回しながら言い訳のように喋っているのを無言で皆が聞いている。

「おい仕事だ」

社長の一声で皆が無言でおのおのの持ち場に散っていった。

「おいら、あいつのことは本気で心配してたんだ。真っ当に生きて欲しくって。本当だぜ。弥生ちゃんの言ったことを本気にしたんじゃないんだ。本当だよ」

「靖、分かったから早く仕事に掛かりな」

松さんが助け舟を出した。

「あいつ、どこに行ったんだろ。頭冷やして帰ってくるよな、松さん」

「けえっちゃきめえよ」

松さんがぶっきらぼうに呟いた。

「そんなあ、あいつは、ここ出たら行くところなんてねえぜ」

「だったら、何であんなこと言った」

松さんの声が大きかった。

工場の中はエアコンが効いて涼しかった。

陽が上るにつれて真っ青な空が灰色に覆われだしていった。地面が陽の熱を吸収して焼け込んでいった。耐え難い暑さに日陰を拾いながら運河沿いに歩いていった。運河の水面に反射する熱気が路面以上になると、いつか日陰を追って町家の中に入った。

靖雄に罵られた言葉に、それほどのショックは受けなかった。いつかそれを皆から糾弾される時がくることだと、覚悟が出来ていたからだった。説明すれば仁丹の死が興味本位だけで、皆の記憶に残るのが耐えられなかった。

仁丹と亮太郎二人の生き方がいかに真剣だったか、それを説明するには適当な言葉が見つからなかった。言葉にしてしまっては、余りに空しすぎた。

〈そうだよな、仁丹。誰にも理解出来ないし、理解されないほうがいいんだよな〉

返事のない呼びかけを心の中で反芻していた。堪えていた仁丹への思いが次々と心の中を通り抜けてゆく。

いつ、どこで買ったものか、手には飲み物のペットボトルが握られていた。

細く曲がりくねった家並みの道に水の滴った「ほおずきの鉢」が軒先に吊るされていた。

〈この道はさっき通った道だな〉

気を付けて見回してみた。細い路地がマスクメロンの皮のように、無秩序に入り組んだ街に迷い込んでいた。

細くうねうねした路地には湿った熱暑と生活のすえた匂いが漂っていても、人の気配はなかった。

どこから入ってきたのか見当もつかなかった。ここがどこか聞きたくても、聞ける人がいなかった。どこに向かっていいのか答えはなかった。

〈どこでもいいや。どうせ帰る場所が決まってるわけじゃない。このまま歩こう〉

歩き疲れた頃、ようやく小さな公園の脇に出た。

軒を接した住宅やアパートに囲まれて急ぎ足で歩いたら、見過ごすような建物の谷間に埋まった公園だった。

アパートとの境に銀杏の木が三本、午後の陽を遮って生い茂っていた。入り口でぐるり見回してみる。欅が一本、隅に立っている。

欅の下に砂場があって、その脇にブランコが二つ銀杏の木陰に守られて、静かにぶら下がっている。

セピア色に染まった一枚の写真を見るような公園の入り口に佇んでいた。疲れた足が誘われるように公園に入ってゆく。

ブランコの鎖に手を掛けて懐かしさが何なのか、しばらくじっと考える。

何の悩みもなかった幼かった日々が頭の中を駆け抜けてゆく。

何故か涙が落ちる。

〈昔を振り返る年じゃないよ〉

もう一人の亮太郎が不機嫌そうな声で叱る。

〈昔と言えるほど人生してないよ〉

もう一方の亮太郎が突っかかる。

〈とにかく俺は今、疲れてるんだ。おまえと議論する気はないんだ。ほっといてくれ〉

ベンチ代わりにブランコに腰を下ろす。

少し西に傾いた太陽が公園脇の小さなビルに遮られ、回りの木々の濃さもあって公園が薄暗い日陰の世界に入っていた。

両足でブランコをそっと揺すってみる。油の切れた金属の擦れ合う音が、静かな公園の中に異常な大きさで広がった。金属の擦れ合う音がリズムになって気持ちがかえって安らんでゆく。

病院で意識が返った時の悔しさ。

「人の寿命は天が決めることなんだ」

大きな目の髭面の医者の顔が懐かしく浮かんでくる。

何故、大学なんか受験したんだろう。

〈瑠璃なんて娘に会わなきゃ、こんなことにならなかったのに〉

〈お節介な奴だな。自分のことも十分に出来ないくせに〉

〈しっかり勉強してるかな。まあ、あの娘のことだから立派な弁護士さんか、判事さんになるだろう。今は俺のことを考えなきゃな〉

高校生も終わりに近づいた頃、極端に学力が遅れて夢も目標もなくして心身共に彷徨《さま》っていた時、真剣に励ましてくれた一人の女子高生がいた。甘えることも、妥協することも許さず、厳しく接してくれた初めての同世代だった。

学校内、学校外では誰もが軽蔑と恐怖の眼差しか送ってこなかった。同じ目線で接してくれることに励まされ、引っ張ってきてくれた。でも、それが良かったのか、迷惑だったのか、悩みが増えただけだったのか、瑠璃に聞いてみたかった。

山と緑と自然と祖父母、母と叔父に囲まれて無心に遊び回っていた幼かった日々が押し分けるように思い出の中に出てくる、涙と共に。もう二度と帰ることの出来ない時間。

手繰り寄せたい。手繰り寄せられたら、この寂しさもこの絶望感も全て消し去ってくれる気がする。

いつの間にか『イエスタディ』が耳の奥に聞こえている。

〈明日起こる何か。それが怖い〉

それが自分を変えてしまうかもしれない。

変わる自分が信じられない。

明日変わるかもしれない自分。

では、今の自分は何なの、何のために今があるの。

〈人はしっかりと自己を確立しろと言う。時間は日々移ってゆく。それにつれて自分も移ってゆく。刻々変わるもの、刻々変わる自分の価値判断。それに伴って変わる自分。変わってゆくのに自己の確立なんてあるの。どんなものなの。……いつもふらふらと変わってきた自分が、いかにすれば変わらずに生きてゆけるんだろう。自信がない〉

いつもなら愚痴に付き合ってくれた仁丹はもういない。かけがえのない大切な宝物だったことが改めて思われた。

ふと蘇る仁丹の柔らかな陰毛の感触と小さな乳房の温もりをそっと掌で触れてみる。

「仁丹会いたいよ」

呟いてブランコを揺すってみる。油の切れた金属の擦れる音が頭の上から落ちてきた。

幼い時から他人と競うことが苦手だった。他人に出来ないことが、自分には出来た時の嫉妬と羨ましさの混じった眼差しを受けることが苦痛だった。

反対に他人に出来て自分に出来なかった時の安堵感はなんにも増して嬉しかった。

年を数えるほどに自分を取り巻く環境は激しい競争の世界へと変わっていった。高校生の時には周りの全てが熾烈な競い合いだった。その競い合いに息が詰まって一人競い合いの輪から抜け出してしまった。

新たに入った大学生活は更にその延長にあった。次にくる、その先の大人の世界は果てしない競い合いのように思えた。

『Ｂａｒ　灯』に通ってくるお客の愚痴から入ってくる話は、亮太郎には耐えられる限界を超える話題だった。

〈そんな社会に入るなら今、命を絶とう〉

亮太郎の自殺の発想は絶望からくる自己からの逃避だった。

「命は天から授かったものだよ。寿命は天が決めるものだよ」

医者の説得は肝に銘じた。

だからもう死ぬことは考えない、ただ競争のない社会の隅でひっそりと過ごしたい。それが最後に亮太郎が決めたささやかな夢だった。

その夢が実現出来ないなら、どうすればいいのか？

言いようのない絶望が抱きすくめてきた。夢を抱いて、このまま仁丹のところへ行けたらと真剣に思った。

ブランコが錆びた金属音を響かせて心細げにゆらゆらと僅かに揺れて、夏の陽が西に傾いてオレンジ色に変わった。

〈そろそろ、今日の塒《ねぐら》を考えなくちゃな〉

無意識に考えてブランコを揺すり続けた。

目の前の銀杏の根元に小さな祠《ほこら》が目に入った。今まで気が付かなかった。

ブランコの揺れで近づいたり遠くなったりで、祠の中は見え難かった。何度か覗き込んで、小さなお地蔵様が祀られているのが見えた。

「お地蔵様だ」

口に出して呟いてみた。

そう言えば、今日は朝から喋っていないことに気が付いた。

ブランコを少し強く揺すってお地蔵様に近づいてみた。

夕焼けがオレンジ色からピンク色に変わって、夕空が明日もまた暑くなるよと言っていた。やがて足元に薄闇が忍び寄って、お地蔵様がにっこりと微笑んだように見えた。

お地蔵様の祠の中から夕闇に紛れるように夕靄がゆっくりと這い出してきた。ゆっくりと這い出した夕靄がなんの躊躇《ためら》いもなく、ブランコと亮太郎を包み込んできた。

「亮」、懐かしい声が耳元でそっと囁いた。

それが当然のように驚きもなく亮太郎が答えた。

「仁丹、会いたかったよ。どうすればいいのか、もう何も分からなくなっちゃったよ」

縋るような声が自然と口を突いた。

「君のところに行きたいよ。お願いだから連れて行ってくれよ」

「そんな弱気になってどうするの。あなたはまだここに来れないの。分かっているでしょ」

力なく頷くしかなかった。

「じゃ、何故声を掛けてくれなかった。呼んでも返事もしてくれなかったぜ。俺は寂しかった。身も心も辛かった。しかも俺の気持ちなんて誰も聞いてもくれなかった。……美貴が仁丹の分身だって思ったさ。傍で薄笑いしながら見てたなんて、酷すぎるよ」

「そうじゃないの、あの時、本当に亮のことが好きだったのか。ただ寂しかったから一緒にいたのか、それを確かめたかったの。亮を試したわけじゃなかったのよ。亮も、美貴もあの時はお互い寂しかったのよ。周りが知らない人達でね。だから気の毒には思ったわ。でも嫉妬はしなかったわ。人は誰でも寂しいのよ。でも私は亮と一緒にいるのは楽しかった。それが確かめられたから、こうして出てきたの。ね、亮、早く立ち直らなきゃ」

「無理だよ、どこへ行っても誰でも同じことを言うさ。人殺し、自分だけ助かった。始めから自分だけ薬を少しにしたんだろう、卑怯者。……もう、たくさんだ！」

子供をあやすように静かにブランコが揺れている。そのブランコの揺れを追うように薄い靄がゆらゆらと揺れていた。

靄が仁丹の愛の温もりとなって亮太郎の頑な心をゆっくりと解きほぐしていった。

夕闇が下町を覆い始めても、金属の軋む音がリズムを取っていつまでも続いていた。

金属の音がブランコなのは、この近所の人には当たり前だった。

「誰かが、まだブランコにいるわ」

出勤前の美貴が近道にしている公園に入ろうと思って夕闇を透かしてみた。

「亮ちゃん」

呟いて近づこうとした。

亮太郎の周りをふわふわと漂っていた薄い夕靄がふと振り向いた気がした。薄かった夕靄がいつの間にか濃く、人型になっていた。

それが亮太郎がいつも心の中に抱いている里枝の仁丹だと気が付くのに時間は掛からなかった。

美貴の足は止まって動けなくなった。

人型になった夕靄の仁丹が、亮太郎を後ろに隠すようにたなびいていた。

「里枝ちゃん」。呟くと靄がスッと身を引くように亮太郎を包み込んだ。

何故、そこに亮太郎がいるのか美貴にはよく分かっていた。

自分がそうするように仕向けた結果なのも、よく分かっていた。

里枝の仁丹と、亮太郎が反撃してくるかもしれないことも。

「自業自得ね」。呟いてみた。

　でも怖かった、初めての経験だった。早くここから逃げ出したかった。恐怖でパニックになりそうだった。

「ごめん、もう何もしないから許して」

　震える声で呟くと身体が動いた。

　足早に後ろも振り返らずに立ち去っていった。

「仁丹、何かあったのかい」

「ううん、何にもない。でも亮、いつまでもこれじゃ、どうしようもないでしょ。なんとかしなきゃ」

「だから、君が連れてってくれればいいよ」

「君はまだここには来れないの。知ってるでしょうが。学校の近くの喫茶店『再会』、知ってるでしょ」

「ああ、知ってるよ」

「手が足りないの。亮に手伝って欲しいってよ。それから瑠璃がね、会いたがってる。落ち着いたみたいよ」

「昔のことだね。皆棄ててきたことだ。今更、会ってもしょうがない」

「そうでもないみたい。流れで、君はもう一度、帰らなきゃならなくなるみたいよ」

高校生の時代、競い合うことを避けているうちにいつしか回りから疎んじられていった。疎んじられても一向に気にはならなかった、かえって周りに気を使う必要がなくなっていった。それが周りから恐怖と軽蔑の眼差しを受けることになっていった。

気が付いた時、絵に描いたように我儘で生意気な不良学生が一人、立派に出来上がっていた。

長くてきれいにカールした睫毛の女子高生が目の前に現われた時、戸惑った。それは亮太郎の学校の生徒達の憧れの娘「マドンナ」だった。しかし得意になるより迷惑が先に立った。

入学試験を受けることは出来なかった。

第一、そんな能力は遠の昔になくしていた。

「頑張って、あなたの能力は十分通用するんだから。同じところで一緒に勉強しましょ」

真面目な女学生が不良高校生に一生懸命に諭すいじらしさに負けて指切りをした。

他人と競うことでなく自分自身に競って、一年遅れて同じ大学に入った時、入学出来た嬉しさよりも競うことの終わりが嬉しかった。しかし、どこを向いても競うことの繰り返しが続いた。

「競うことのない社会の片隅で、自分のペースで人生を過ごしたい」と切実に思った。

同じように競い合いの中で生じる欺瞞と、裏切りの繰り返しで汚れてゆく自分に愛想をつかした仁丹と、この世でなく未知の世界で暮すことの道を選んだ。

「仁丹、こんな俺にもプライドはあるんだよ。なんとか格好付くまでは皆の前に出られないよ」

「亮、私はもうあなたの許《もと》になんか戻れないのよ。あなたの夢のお手伝いなんて出来ないのよ」

「君が俺の許に戻れないことは分かっているさ、だから君の代わりを見つけて夢を実現したいのさ」

「亮、あなたは昔からたくさん夢を見て、たくさん夢を実現させたわ、それで夢はそのまま続いているの。夢は実現するとすぐ消えていったでしょ。次の夢がまた、あなたを追いかけ始めたでしょ。きりがないの、夢は。いつまでも少年でいては駄目なの。そろそろ大人になる目標を見つけて」

幼い頃からいつも夢を見ていた。幼児のささやかな夢から始まった夢は、成長するに従って大きくなっていった。

必死で夢を実現しようと努力する。努力が結果をもたらす。しかしその夢の先にまだ夢が荒涼とした荒地のまま続いて、いつもそこで挫折を味わってきた。

夢の向こうは見渡す限り咲き乱れるお花畑が続く楽園だと信じていた。いつかお花畑に辿り着けると思って、何度も何度も夢を抱いて挑戦してみた。結果はいつも同じだった。目の前に広がる荒涼とした景色に、呆然として立ち竦むだけだった。

次の夢を探すことで終わっていた。

今度の夢も、そうなるのかもしれない。

仁丹が口をすっぱくして言うことが当たっているのかもしれない。

この世で夢を見るのは子供ばかりかもしれない。大人がいつまでも夢にかかずりあっていては、いけないのかもしれない。

〈でも〉と思った。

「夢が敗れてもいいさ、現実の前に絶望するよりは。次の夢に挑戦出来るじゃないか」

現実の前に絶望すれば、三度目の薬に頼るしかなくなる。

じっと見詰めていた外科医の澄み渡った目が思い出された。

「仁丹、やっぱり夢を見たいよ。現実は厳しすぎるんだ。俺には」

しばらく沈黙があった。

「困った坊や。ではゆっくり夢をごらんなさい。夢が醒めたらいいことがあるかもしれない」

諦めた仁丹の声が遠くに聞こえた。

両の足でブランコをそっと揺らすと鈍い金属の音が僅かにして、微風が身体の回りに起きた。身体の芯まで滲み込むような心地良い香りが、鼻腔を刺激してきたことまでの記憶はあった。

蹉跌が残したもの

空一面真っ白な雲で覆われていた。辺りは白く明るかった。

空の雲を手でもみほぐして細かな粉にしたような、水の粒が空中にただよって、後から後から地上に舞い落ちていた。

霧の露より少し大きめで亮太郎の白いティーシャツの肩の細い毛羽《けば》の先に、ひっそりと絡みついていた。真珠のように慎ましい光で輝いていた。細い水粒でも長い時間を経て、厚手のティーシャツの肩に薄く湿り気が感じられるようになった。

いつ止むか分からない霧のような雨が絶え間なく全身に降り懸っていた。見上げる空の高みを白い雲が覆って辺りは明るかった。

傘を差すほどでもない小糠雨が白いティーシャツの肩に、粟粒のような水滴を付け始めていた。

両側に広い街路樹が続き、碁盤の目のようにひと区画ずつ規則正しく並んだ街だった。

街路樹が植わった歩道に面して住宅が続いて、その住宅に挟まれて八百屋、魚屋、肉屋、花屋があって薬局、小間物屋、何代か続いたと思われる街のお医者様のお宅が見えた。路上に人は見えなかった。

差し迫った人の生活の匂いのない街で、街中に温かみの満ちた豊かな雰囲気の街だった。

「俺が職を探す時はいつも雨に祟れる。ついてねえよな」

独りごちて、傍らの家の車庫の庇に身を寄せた。

朝から職を探して街を当てもなく歩き回って、『従業員募集』の張り紙を探していた。歩き疲れても「従業員募集」の張り紙は未だに見つからない。

〈どっちに行ったらいいかな〉

思案して空を見上げた。

「プッ」と短く警笛が鳴って、紺色の乗用車のリヤが目の前に迫っていた。

「あっ、ここは車庫だった。ごめんなさい」

助手席から降りた女の子に声を掛けて頭を下げた。

「うちのお父さん運転が怪しいから、引っ掛けるんじゃないかとヒヤッとしたわ」

微笑みながら明るい口調で話すと、車庫の隣の建物のガラス戸を開けた。

反対側の運転席から中年紳士が難しそうな顔をして降り立った。突っ立っている亮太郎の頭の天辺から爪先を一瞥すると、無言で開けられた建物の中に消えた。にっこりと微笑を残して娘が、その後を追ってガラス戸の中に消えた。

二人が入っていったガラス戸に『税理士　坂口毅事務所』と記されていた。

「帳面は会計事務所に頼むから、きちんとした帳面付けの人間は要らんしなあ」

面接で鉄工所の親父さんに言われたことがあった。

〈ここが会計事務所っていうんだ。会計事務所ってこういうところにあるんだ〉

初めて会計事務所を目にした。

〈怖そうな顔してたのが税理士っていうんだ。運転手にしては何か偉そうだったからな〉

一瞥して建物の中に消えていった紳士を思い出していた。

人生の半ばに差し掛かっていると思われる威厳と貫禄の滲み出た風貌をしていた。その風貌に羨望を感じて、もう一度入り口を振り返ってみた。

それを潮時に「職探し」に再び踏み出そうとした。

「そこは雨が当たるからここにお入りなさい。父が言ってます」

背中に声が掛かった。振り返ると、さっきの娘が顔を覗かせていた。

先程の警戒感を覗かせていたのと反対に親しみの籠った笑顔だった。大きな賢そうな黒目が丸く張り出た額の下で光っていた。笑った口の上に小さな鼻がやや上を向いて、整った小ぶりな丸顔だった。

霧のような雨の中に長い時間いたため、厚手のティーシャツがしっとりと湿ってきていた。丸出しの両腕が冷たくなってきていた。

疲れもあった、会計事務所の未知への興味もあった。

両腕の湿り気を腋の下とジーンズの膝で拭うと娘の後に続いた。

「お邪魔しまーす」

机の上に上体を覆うようにして仕事をしていたスタッフ全員が、弾かれたように頭を上げた。

「いらっしゃいませ」

合わせたように挨拶がきた。

鉄工所と違って明るい張りのある声だった。

「こちらへどうぞ」

目に見えた七、八人のスタッフの席の突き当たりにドアーがあった。そこが所長室だった。ドアーをノックした。

「お連れしました」

娘の声に応えて、

「どうぞ、お入り下さい」

落ち着いた声だった。

〈こういう声で応えられる大人になりたいものだな〉

心底思った。

「失礼いたします」

部屋の奥の壁を背に大きな事務机があった。壁を背にして机の前に先程の紳士が座っていた。

「どうぞお掛けなさい」

事務机の前に設《しつら》えられた応接セットを指し示した。おずおずと椅子の角にほんの少し腰を置いた。

事務机を回って亮太郎の真向かいに腰を下ろしながら、微笑を浮かべて突っ立っている娘に向かって声を掛けた。

「万里、お茶をくれないか。君もそう固くならずにゆっくり掛けたまえ」

柔らかな笑みが口元に浮かんだ。

「あっ、そうそう、お客様ですものね」

「お客様に決まってるだろ。あっ、そうそうじゃないだろう。変なことを言うなよ」

親子の会話がなんとなく砕け、亮太郎の心もようやく落ち着くことが出来た。

「お茶を早くな、お父さんも咽が乾いた」

「はーい、ただいま、すぐに」

ドアーを乱暴に開け閉めして出ていった。

「失敬、どうも躾が今いちでね。あれで高校二年生だが、母親がいないとだらしがなくなって」

小さな声だった。

後の言葉は自嘲気味に呟くとタバコに火をつけた。

「さて、さっき車庫の中では雨宿りかね」

「はい、朝から職探しで歩き疲れたのと、霧雨を甘く見た祟りでだいぶ濡れたもので、ちょっと休ませていただいていました」

ふんふんというように頷き、タバコの灰を灰皿に落として、そのまま火先を見た。

「人間、年を取るとね、お節介にも特に若い人を見るとお説教をしたくなるものでね。いいかね、少々お説教とお節介をしても」

「はあ、どうぞご遠慮なく」

そう答えるしかなかった。

「まあ、ご遠慮なくと言われるほどのことじゃないんだが……」

一瞬、虚を突かれたように咥えたタバコを指に挟んで亮太郎の顔を見た。

「お仕事をお探しだと言われたが、はかどりそうかね」

「張り紙があるかと探していますが、未だ一枚も見当たりません」

「それで、どんな仕事をお探しかね」

「別にこれと決めたわけではありません。身に合うならなんでもいいんです」

「何故、これと決めないいんだね。一生の仕事として」

「生意気かもしれませんが、仕事は食べるだけでいいんです。仕事が人生じゃ寂し過ぎるような気がしますから」

ドアーがノックされ、不慣れな足運びでパレットの上に三人分のお茶道具を乗せて万里が入ってきた。

「お待ちどうさま」

お客を見る余裕もなく、不器用な手つきでお茶を配った
「どうぞ」

声を掛けて初めて間近な顔に気がついたように、はっと上体が引かれた。彼女は茶碗に注意がいき過ぎて、顔が間近になったことに気が付かなかった。

スッと引かれた顔の後には、新鮮な果物の香りがいつまでも漂っていた。

その光景を父親はじっと見ていたが別に何も言わなかった。

「どうぞ、お茶を」

自分から茶碗を手に取って亮太郎に促した。

新鮮な果物の香りに気を取られてお茶の勧めが聞こえなかった。

「は？」

間抜けな返事が口を突いた。

「いや、その、仕事探しはどうするんだね。雨の中、まだ探すのかね？」

「はい、雇ってくださる方が見つかるまでは探さないと」

「ふーん。職業はなんでもと言ったね」

「はい、職業を自分から選べるほどの身分ではありませんので。その上、職業って何なのか、その意味もまだ分かっちゃいないんです」

紳士は湯飲み茶碗を両手の掌の中でゆっくりと回すと、咽を上げてひと口飲んだ。

両の掌に湯呑を弄びながら微笑んだ。

「君の名前もまだ聞いてなかったね」

「失礼いたしました、社亮太郎と申します」

「社亮太郎君か、太郎が付くなら君は長男かね」

「はい、長男というか、母一人子一人の母子家庭です」

「ほう、じゃ、早くお母さんを安心させてあげなくちゃならない身だね」

「はあ」

一番辛いところを指摘され俯《うつむ》くほかなかった。

「お母さんを安心させるためになるかどうか分からんが、税理士にならんかね。社会でそれほど派手に活躍できることはないけれども、まあ社会の裏方みたいな存在だがね」

「ひっそりと生活できるんでしょうか」

「意識してひっそりすることはないが、まあ、目立つような職業ではないことは確かだね」

「私のようなものでも、出来るんでしょうか」

「こつこつ努力すると、まあ大抵の人は成功するね」

ひっそりと、こつこつ努力する。

亮太郎の気持ちの中に納得するものが動いた。

かつてこつこつ努力するなんて一番軽蔑する姿だった。すぐに結果の出ないことには興味を示さなかった。すぐに結果の出ないものはすべきでないと思っていた。しかし今、結果は二の次でいいと思った。

とにかく過去の全てから逃避するためには、過去と反対のことをしなければと思っていた。過去は知らず、今の亮太郎には一番嵌まった職業のような気がした。

「私が税理士になれるよう手助けをお願いできますでしょうか？」

「間違ってはいけない、私が税理士にしてあげるんじゃない。自分で努力して摑み取らなけりゃ、何の意味もないんだよ。ただ、私が何かしてあげることが出た時には、そりゃ喜んで手伝わせていただこう」

「分かりました。税理士に挑戦したいと思います。ここで使ってください。ご迷惑はお掛けしないとお約束いたします」

ソファーから立ち上がり、紳士の目を正面から見つめて頭を下げた。

頭を上げると父親の隣に座って成り行きを見つめていた娘と目が会った。彼女がニッコリ微笑んで小首をかしげた。

後で分かったが、この娘が勝ち誇った時に示すポーズだった。

「一日も早く成功して、お母さんを安心させてあげなくてはいかんね。ま、頑張りたまえ」

満足そうな笑顔が紳士の顔の上に広がっていった。その笑顔が励ましの笑顔にしては、もっと親近感があるように思えた。

しかし、母の面影を浮かべる余裕は既に長い間持ち合わせてはいなかった。倅の成長を信じて、ただ黙々と自分のするべきことを飽くこともなく続ける母の姿が、チラッと頭の隅をよぎったような気がした。

紳士の言葉に、この世の中に自分以外に、もう一人自分を見詰めていてくれる人のいることに気が付いた。

会計事務所の中はいつも電卓とオフコンのキーボードを叩く音以外に人の話す声はなかった。目を上げると、向かいの机に座る黒縁眼鏡の小太りで背の低い先輩と眼が合った。無表情な目が眼鏡の奥からじっと見詰めてきた。

「君さあ、本当に税理士になるつもり？　折角、大学に行ってるんなら、学校卒業して大きな会社に入った方がいいんじゃないの。僕達はさあ、高校出て頑張ってるんだよ。大学出に頑張られると迷惑なんだよな」

意地悪そうな目に口を曲げて、机越しに声を掛けてくる。

事務所に出勤して今日で一週間が過ぎた。この事務所に初出勤した日から毎日、この言葉を聴いてきた。

〈ああ、ここにも靖雄がいる〉

心の中で苦笑するしかなかった。そして冷たい目で見返して無視した。

「君、今日一日掛っていいから、この伝票計算してくれるかな」

亮太郎の左隣の先輩が庇うように声を掛けてくれた。同時に三〇センチはあろうかと思われる伝票の山が、亮太郎の机の上に滑り込んできた。

「はい、やってみます」

「君、税理士を目指すなら、そのくらいの量は五、六分で入れなきゃ合格は覚束ないぜ」

黒縁眼鏡が向かいの机から伸び上がるようにして意地悪く小声で囁くと、ニヤニヤして自分の仕事に掛かっていった。

「まあゆっくり焦らず、五、六分で出来るまで練習するんだな」

隣の先輩が励まして微笑んだ。

電卓の小さなキーを人差し指でぽつぽつと一つずつ叩いていった。気が付いて周りを見た。誰も電卓のキーを見ていなかった。ただ伝票の数字だけを目で追って、すごい速さで右手の五本の指でリズムカルにキーを叩いていた。

〈ふーん、大したもんだ。こりゃ本当に俺にゃ、無理かもしんねえ〉

ちらっと目の前の黒縁眼鏡を見た。真剣な眼差しが伝票の上を滑っていた。

「口で言うだけの実力と集中力はあるんだ。恨んじゃいけない、この人を目標に頑張らにゃ」

心底思った。

昼を少し前に隣の先輩が声を掛けた。

「出来た？」

「五回入れたら答えが五つ出ました。どれが正しいのか分からなくて」

先輩の口元から微笑が消えた。

「君、本当に税理士志望なの？」

「はあ、そのつもりです」

「……ということだ。皆、お荷物だけど本人が諦めるまで面倒見てやってくれ」

先輩は事務所の全員を見回して言った。

〈始めは皆こんなもんでしょうが。先輩達だって、最初はこんなもんだったと思うよ〉

胸の内で呟き、自分はすごく冷静だった。

〈諦めなんかしないさ、夢を実現できるんなら、少々のことで挫けはしないさ。電卓が上手く叩けなきゃ、税理士になれないなんてことがあってたまるか〉

生来の負けん気が久しぶりにむくむくと頭を擡《もた》げてきて、ふてぶてしさが広がってきた。

商業でも工業でも、中小企業の経営者は自分の専門分野は強いが、帳付けは苦手という人が意外と多い。経営の活動の目的は、会社がなるべくたくさん利益を上げることが第一義である。しかし、帳付けを軽く考える経営者が多い。そのような経営者は計算を会計事務所に持ち込む場合が多い。

結果、会社の経営を他人である会計事務所に半分任せる経営者が結構存在する。会社の取引記録を従業員に見せたくないという経営者もまた存在する。その必然として、会計事務所なるものの価値が存在することとなる。

しかしながら中小零細の経営者の多くは自分で帳付けしたり、従業員との信頼関係を密にして経営している場合が殆どである。そのような経営者にとっての会計事務所は、アドバイザーとして重宝に利用している。それが本来の会計事務所の有り様であるような気がしている。

話が本格的になってしまったが、亮太郎が拾われた会計事務所は両方を兼ね備えた、世間一般にいわれる会計事務所だった。

片親三兄妹

坂口会計事務所の雰囲気に慣れ始めてしばらくして、ようやく坂口一家の生活を目にすることが出来た。

朝、事務所に顔を出すと所長坂口毅が渋茶を啜りながら新聞に眼を通している。全員が揃うと、ゆっくりと自分の執務室へと入って仕事が始まる。

所長と家族は建物の上階に住んでいる。

所長、お茶を入れてくれた長女の万里、その下に四つ幼い妹、麻耶の三人の顔を覚えた。明るく賑やかな長女万里、その後ろにいつもひっそりと姉の影のように控えているのが、次女の麻耶だった。決して目立たない器量の劣る娘ではなかった。ただ姉にいつも遠慮して、目立たないことに心を砕いているような娘だった。

事務所に入って母親にはまだ会っていなかった。そして家庭的な匂いが階上から漂ってはこなかった。二人の娘が学校に出掛けると階上に人の気配はなくなっていた。

夕方、二人の娘が相次いで帰宅する。

「ただいまー」

明るい声が玄関に響くと事務所の中までが明るくなった。

二人が競い合ってばたばたと階段を駆け上がる足音がして、しばらくするとピアノの音がする。

たどたどしいメロディーを姉妹が交代して、何度も何度も繰り返される。電卓を叩きながらなんとなく追っていくと、ビートルズの『イエスタディー』だった。

そんな日が幾日か続いて、恐る恐ると思われるピアノの旋律が力強く弾かれるようになった。その日を境に感情の籠った「イエスタディー」のピアノ音が心の隅々に染み透るようになった。

いつの間にか、亮太郎には姉妹が学校から帰宅する時間が待ち遠しく思うようになっていた。

「イエスタディー」が弾かれるわけは所長は勿論、先輩達の口から亮太郎に説明はなかった。自分でお調べと言っているのか、それともそんなことは当事務所では当たり前で、説明する必要を感じていないかの、どちらかと思えた。

改めて理由を聞くには、何か憚られるものが事務所の雰囲気の中にあった。

〈ま、いつか知る時がくれば嫌でも知らなきゃならんから、それまでのお楽しみにしとこ〉

そう思った。

その日、先輩達は朝からクライアント廻りで亮太郎一人が留守番だった。あいにく所長先生まで朝出掛けたきり、行く先も分からなかった。

電話が鳴るたび心臓の鼓動が早くなるのが分かった。電話がこないことを祈りながら、与えられた伝票の計算に没頭していた。

〈電話がくると、この事務所に恥をかかせるかもしれないから、このまま帰っちゃおうかな〉

不安が弱気を起こさせて電卓打ちがはかどらなかった。

「ただいまー」

二人の元気な明るい声が玄関から聞こえて、時計に目をやった。階上から日課の「イエスタディー」のピアノが聞こえ始めた。いつの間にかそんな時間になっていた。

「イエスタディー」が静かな出だしで始まり、そして静かに余韻を引いて終わった。ピアノの閉まる音がして姉妹が階段を下りてきた。

「亮さん一人なの。皆出掛けちゃったんだ。ここにいてもいい？」

二人がそれぞれ近くの椅子を引っ張ってきた。

「電卓上手くなったじゃん。答えが一つになった」

亮太郎の手元を覗いて二人が笑った。

「何だ、知ってたのか」

「うん、お父さんがね、この事務所始まって以来の珍事だって笑ってた。でもそれぐらいのほうが将来が楽しみだって言ってた。ね、麻耶」

妹はただ無言で微笑んでいた。

「ところでさ、いつもイエスタディーが聞こえてくるけど、どうしてイエスタディーなの。君達にはトゥモローはないの」

いつも疑問に思ったことを聞いてみた。

二人の顔から微笑が消えた。妹の麻耶が、姉の顔を仰ぎ見るようにして、いやいやするように首を振った。姉の大きな目が妹をじっと見詰めていた。

「亮さんは誰からも理由を聞かされていないの？」

「ああ、誰も何も言わないよ。悪いことを聞いてしまったのかな。それだったら謝るよ。ごめん」

「謝ることなんかないの。説明しないほうが悪いんだもの」

麻耶が掌を見詰めてじっと下を向いていた。姉妹の途方にくれた顔を見て聞かなきゃよかったと思った。

しばらくの沈黙の後、万里が話し始めた。

「亮さんはまだ一度も私達のお母さんに会ったことはないでしょ。でもすぐそこにいるの。いつもね。たった今も。分かる？　そう母は死んだの、つい半年前に。もともとあまり体の丈夫な人ではなかったから、私達が小さかった頃から元気に走り回っているところを見ない人だった。いつもベッドの上で生活するような人生だったわ。それがまた病気の発見が遅れるもとになったかもしれないのね、疲れが激しいからって病院で検査した時にはもう手遅れでね。末期癌だった。転移が進んで、もとがどこだか、確定することも出来なかった。……でもお母さんがいた時はとても楽しかった。それを思い出すためにイエスタディーを毎日弾いてるの。お母さんがこの曲を好きだったってこともあるしね。この曲を弾こうって麻耶と決めたのは、亮さんが家に見えるほんの少し前だったから、まだ下手だったでしょ。耳障りさせてごめんね」

「そうか、君達のお母さんは天国に行ってしまったのか。辛いことを思い出させてごめんよ。僕も父がいなくてね、辛い思いをしてきたから君達の気持ちよく判るよ。でも元気出さないと、天国のお母さんが哀しむよね。元気出そう」

「大丈夫、そんなに落ち込んじゃいないもの。この三人共、皆片親がいないんだね。どう三人兄妹にならない。亮さん、お兄ちゃんになってくれない。麻耶、賛成する」

「麻耶は、とおからお兄ちゃんが欲しいなって思ってたよ」

「じゃいいね。亮さんは」

「兄妹が亮さんはおかしかないか。やっぱり亮だろな」

その日を境に三人が「万里、麻耶、亮」と呼び交わすのを怪訝そうに眺める事務所のスタッフも、その週末には慣れたようで誰も不審そうな顔をしなくなった。

いつしか亮太郎は姉妹の誰かと一緒になって、いつか事務所の主になるだろうことを皆が当然と思う雰囲気が出来上がっていた。

一方の亮太郎は事務所の単調で退屈で時間潰しのような仕事の中で、ようやく自分の居場所を見つけ出したのは、そんな三人の誓いがあってからだった。勿論、「イエスタディ」はもはや二階から聞こえてくることはなくなっていた。

変わって明るく『歓びの歌』が帰宅後、聴こえるようになった。その曲を聴きながら、亮太郎は初めてここの所長と会った時の言葉を噛み締めた。

〈こつこつ努力すれば必ずなれるよ〉

所長の言った「こつこつ」とは、単調なことに辛抱強く挑戦しろということかと気付かされていった。

〈今までにこんなに時間を掛けて物事に、いや自分自身に挑戦したことがあっただろうか？　いつも時間に追いかけられているような生活だった。他人と競り合うことのみに熱くなっていた生活だった。自分をゆっくり見つめ直すいい機会なのかもしれない〉

伝票を繰りながらふと気付いたことだった。

落ち着いてゆっくりと将来の夢の実現を思いながら時間が経っていった。

周りを見回すと二人の姉妹の姉はいつしか大学も卒業し、妹は大学在学中だった。

事務所のスタッフは先輩の全てが事務所を去り、今では亮太郎が一番の古手になっていた。後から入ってきた後輩も、資格を取得して事務所を去っていった。

亮太郎一人、こつこつが今でも続いて、未だに資格を取れないで夢を追い続けていた。

「あいつは一体何を考えているんだ、いつまでものんびりして」

さすがに所長がイラついて万里に怒りをぶつけた。怒りならば、父親よりも万里の方が余程怒り狂いたかった。親切な兄としては十分なほど十分に振舞ってくれるが、それは決して肉親の範囲を超えるものではなかった。

一緒の職場に入った万里にとっては毎日のようにいらつく日が増えていった。

「納得するまで自分を通す人なの、ほっとくしかないじゃない」

父娘の間でいつも繰り返される問答だった。

その年は梅雨らしい雨のなかった珍しい空模様だった。下町は何かと言うと、縁日と言うイベントを創って人を家から誘い出したがった。

上野の山の裏側に入谷という地名がある。入谷に鬼子母神を祭る真源寺がある。「恐れ入谷の鬼子母神」とギャグに使われるお寺がそれである。毎年七月六、七、八日の三日間、朝顔市が開かれる。

ちなみに、下町は新年正月に向島七福神めぐり、春は隅田川堤の桜、夏は朝顔市に浅草寺のほおづき市、秋は向島の百花園の萩のトンネルと四季折々に人出を誘ってくれる。

夏の始まりに東京の江戸川辺りの植木屋が丹精して育てた朝顔の鉢が、真源寺の境内に溢れ、車を止められた言問通り一面にまで鉢が並べられて花市が立つ。

「今日は入谷の朝顔市だったな、亮太郎君と夕涼みがてらに行ってきたらどうだ」

事務所が閉まる頃、所長が万里に何気なく言った。

夕刻の灯が真源寺の境内に点《とも》される頃、境内一杯に埋まった朝顔の鉢の間を冷かしの客達がひしめいていた。

白地に藍の大きな朝顔の柄を染め抜いた涼しげな浴衣をお揃いで着た亮太郎と万里は、人混みに紛れないようにしっかりと手を繋いでいた。

「お若い人、ご縁になれますように一つお買い上げいただけませんかね。この爺が縁結びさせていただきますが、いかがでしょうか」

歯切れのいい台詞を口に二人に声を掛けた売り子がいた。

海老茶の半纏に紺の股引、刈上げた角刈りの白髪に豆絞りの鉢巻。粋な格好が親しげな笑みを浮かべて二人を見ていた。肉厚の手を打ちながら大輪に開いた青い朝顔の鉢を目の前に差し出した。

「ご縁になれますようにだって」

嬉しそうに微笑んで亮太郎の耳元に囁いた。

「残念だったな爺さん、俺達は兄妹でね。もっとも兄妹の縁ではあるな。折角だからそれを貰おうか」

寺の境内はいつしか線香の煙で霞み始め、境内を出ると辺り一面は的屋《てきや》の屋台から出るイカを焼く匂い、綿飴の甘い匂い、お好み焼きの油の匂いが混じって下町の縁日の香りに溢れていた。言問通りの両側に沿って櫛比した屋台には、子供も大人も群がって梅雨の晴れ間を楽しんでいた。

朝顔の鉢を下げた亮太郎と肩を並べて歩く万里は、はっきり聞くチャンスがきたと思った。

「亮、さっき売り子のお爺さんに兄妹だって言ったわね。麻耶と三人の間ではそう決めたけど、世間に披露することはないんじゃないかって思うけど。そろそろお父さんも現役引退したいって言ってるの。でも後継者が心配だって言ってる。どう思う?」

そんな雰囲気からずっと避けていた亮太郎には即答する何かが見つからなかった。人混みを避けて無言で歩いて、周りに聞き耳がなくなって重い口を開いた。

「僕は社会の片隅でひっそりと小さな家庭を持ちたいというささやかな夢がある、その夢が実現するかどうかは分からない。時間を掛けても実現しないかもしれない。そんな人生に君達を道連れには出来ない。元々が明るい性格じゃない僕は君たち姉妹には合わない。君達には僕よりもっと明るく素晴しい男が似合うと思うし、そういう男性と巡り合って欲しいと思っているんだ」

「明るくて素晴しい男がいいか、少々暗くても堅実な男がいいかは、私達が決めることでしょ。亮、あなたはいつも自分を悲観的に見ているけど、私たちから見るあなたは何もかもが整って完璧な私達のお兄さんだってことは忘れないで欲しいの。もっと自分に自信を持ってどんどん自分を出して欲しいの。でないと亮の口癖の夢が叶わないと思うの。亮、自分が一番信頼してる人と人生を歩めることが、女は一番幸せだってことも忘れないで欲しいわ」

「ありがとう、万里。でも俺には君や麻耶は眩しすぎて一緒に人生を歩むことなんて考えられないよ。君達をひっそりと日陰者のような生活に連れていくことなんか不可能だよ。分かってくれ。そして君達に相応しいパートナーを探してくれよ。その協力なら幾らでもする」

息をつめ、大きな目が亮太郎の心の奥底まで鋭く詰問していた。

女の口から愛の告白を受けた返事の冷たさに、悲しみと怒りと羞恥心がこみ上げ万里の顔から血の色が消えた。客待ちしていたタクシーのドアーが開くと、振り向くこともせずに走り去った。

亮太郎の本当の心はよく分かっていた。

万里を本当に幸せに出来るのか、自信がないことを。だから二人で幸せになれるよう努力しようと、今日思い切って言ったのに、自分の殻から決して出ようとしない亮太郎に絶望し、自分の力のなさに悲しくなったのだった。

「やっぱり諦めたほうがいいのかも」

ふと口を突いて諦めの言葉が出た。その言葉は突然だったが、前から心の隅に準備されていたような気がして特別な驚きがなかった。

「それも寂しいものね、失恋に悲しみが湧かないってのも」

口元に諦めの微笑が浮かんできた。

次の日から事務所の手伝いに万里の姿が消えた。階上にある所長親子の部屋に、若い男達が出入りするようになった。

そんな時、万里は必ず亮太郎のところに男達を連れてきた。

「こちら兄の亮太郎。紹介するわ」

派手な、本気かと疑いたくなる奴、寡黙で依怙地な奴、明るいというより軽薄な奴、頑固に自分だけ主張する奴、よくこれほど集めると思うほど連れてきた。

それが、あの日の亮太郎に対する女の意地なのはよく分かっていた。

「万里をよろしく。幸せにしてやって下さい」

そのつど心の底からのお願いだった。それしか、今の亮太郎が万里にしてやれることはなかった。そんな日は仕事をしながら一日中、神に祈った。

「万里の心に静かな平和をお与え下さい。彼女の心をお許し下さい。罰を私にお与え下さい。どんな罰もお受けいたします。彼女の心に平穏をお与え下さい」

そんな後ろ姿が、更に万里の心を荒《すさ》ぶことになっていった。

「幸せに出来るのは自分だってことを承知して、私の相手に嫌みを言って。なんてやな奴」

そんな日が繰り返されて、時だけが過ぎていった。

「亮、結婚することにしたわ。あなたに比べたら物足らないかもしれないけど。誠実で信頼は出来るわ。難しいあなたも、きっと賛成してくれると思うわ」

顔から険しさが消えて幸せになりたいとの思いが溢れていた。

「今度連れてくるから、嫌みなんか言わないで。良い人よ」

久しぶりにお互いが素直になっていた。

〈幸せにしてくれる人なら誰でもいい。俺には、この娘を幸せにしてやれる自信なんてないんだから〉

その日、一日中感謝の祈りを心の中で唱えていた。

その男はほっそりとして、全身から誠実さを漂わせていた。

丁寧に下げた頭が万里の幸せを決定していた。

「亮です。よろしくお願いいたします……」と、だけで「万里を幸せにしてやって下さい」の言葉を飲み込んでいた。

エピローグ

教会の扉は閉じられていた。

白いウェディングドレスに包まれ、両手に白いブーケを持った花嫁の横顔は幸せと不安が混じって上気していた。

「亮、私は結婚するのよ。悔しいでしょう。私を手放して」

不意に振り返り、キッと睨みつけ激しい口調で詰問してきた。

「万里、君は今そんな言葉を口にしてはいけない」

窘《たしな》める亮太郎の言葉に被せるように、

「亮、あなたはいつも優等生ぶって良い子の答えでごまかしてきたわ。最期くらい正直になって見せてくれてもいいんじゃない。いつまで続けるの？」

「万里、苛めないでくれよ。僕はダスティーホフマンにはなれない男なんだよ。それだけでも君を幸せにしてやれる資格なんてないのさ」

「ふん、意気地なし。私は最期の瞬間まで諦めないわ」

静かに音楽が流れてきた。音が序々に大きくなっていった。音に合わせるように目の前の扉が静かに少しずつ左右に開いていった。繰り返し流れる音はパッフェルベルの「カノン」だと気付いた時、「カノン」が最高潮に達し、扉が左右に大きく開かれた。

扉の奥、教会の祭壇から「歓喜の歌」が響き渡った。

「まだチャンスがあるわ」

思い詰めた顔色で、じっと万里の目が見詰めてきた。無言で首を振るしかなかった。

「意気地なし、私は目一杯幸せになるわ」

「歓喜の歌」に満たされた祭壇に向き直ると、これ以上の幸せはないという微笑を満面に漂わせて深々と一礼した。後ろから兄としてじっと見詰めていた。

教会の中に一歩踏み入れた万里のウェディングドレスから出ている肩と背中が笑顔とは裏腹に哀しみと諦めに震えていた。

「万里、幸せになろう。僕と」

声を掛けその背中に一歩踏み出そうとした時、目の前の扉が音もなく閉まった。

同時に辺りの明かりがすべて消え、亮太郎は暗闇に抱きすくめられていた。

扉に駆け寄ると、暗闇の中で夢中で扉を押し開こうとした。扉はびくともしなかった。拳で思いっきり叩いたがなんの反応もなかった。ただ拳に鋭い痛みだけが返ってきた。万里の心の痛みのように。

湧き上がった「歓喜の歌」の音さえ聞こえない静謐に満ちた暗闇に、亮太郎の悲痛な声だけが消えていった。

「万里、幸せになろう。僕と」

自分の掌からこぼれたものの大切さがやっと分かった今、その悲しみと悔しさに心の底から懺悔に震えた。

寒さに震えてふと気が付いた。

金属が軋む音が頭の上でしていた。

ブランコに揺られながら夢を見ていた。

「夢か？」

「亮、夢よ。醒めたら夢は終わり。夢は叶わないもの。そして他人を不幸にするもの。分かった」

仁丹の声が耳の遠いところから聞こえていた。

いつの間にか太陽は西の空に沈み、夏の月が昼の暑さに写されて黄色味を帯びて東の空から中天に懸かろうとしていた。辺りの家々の屋根瓦が暗い空から降り注ぐ月の光を返して黒い光を放っている。

マスクメロンの皮のように無秩序で縦横にうねって続く細い路地の隅々にまで、明るい月光が降り注ぎ、周りはすっかり眠りにおちていた。

こんな光景がかつてあったような気がして、ブランコを揺すりながらじっと月を見上げていた。

黄色味を帯びた月が突然、真っ白に変わって大きな目玉となって心の中に飛び込んできた。心臓を鷲掴みするような低く重々しい声が耳の底に響いてきた。

「亮太郎よ目を醒ませ、心の目を醒ませ。いつまでも少年でいてはいけない」

心迷わせて自分を棄てようと思い詰めていた高校生の時、東の山の端から登った大きな月が真っ白い大きな目となって亮太郎を諭したことがあった。

大きな恐ろしい声だった、その時の恐怖が心の中に湧き上ってきた。

「亮太郎、怖がることはない。私は仁丹と共にいつも、おまえの側にいる。君の味方として。だから聞くがいい。今日が最後の話だ。

亮よ、いつまでも夢を追っていてはいけない。追うのでなく叶えなくてなんの夢だ。なんの意味もないだろう。夢を叶える努力を何故、君はしなのかな、夢を持っていればいつか天が恵んでくれると思っているのかね。夢を追い続けて、追い続けていつかまた絶望の淵まで行くつもりかね。そこに待っていてくれるものは、そう、また死だろう。しかし、私は君がどんなに望んでも、それを与えることはないだろう。何故か、絶望の死はそれまで生きてきた意味を無にするだけだから。人生に悔いを残して死ぬほど愚かなことはない。亮よ、君は生きてみようと思った以上は夢を叶えることだ。

君の気になる仁丹は喜びと幸福の中に死を望んだ。この幸福を二度と手放したくないと思った。生まれて物心付いてからの彼女は、失意と絶望だけを見て体験してきた。だが君がそんな彼女を救ってくれた。彼女に生まれて初めて幸福を与えてあげた。そして彼女がその幸福を失いたくないと切望したから、永遠の安らぎを天が与えた。反対にその時、君は失意と絶望に敗れて死を選んだ。その失意と絶望に克った時に君の望みを叶えてあげよう。今、君を待っている人達がいる。その人達の元にすぐに戻ることだ。遠慮は要らない。何事もなかった顔をして戻るがいい。

一ついいことを教えよう。仁丹はこれからも、いつも君の側にいる。たった今も。でもこれからは君の耳に彼女の声は届かない。でも決して心配しなくていい、いつも君の側にいる。君の身体に残っている仁丹の小さな乳房の感触と、柔らかな陰毛の記憶が感じられる間はね。その感覚がなくなった時、君は新しく恋をした証拠さ。君の恋を見届けると仁丹は私の元に帰ってくる。君を祝福してだ。一日も早く、そうなることを仁丹と一緒に私も願っている。心配しなくていい、こちらでは嫉妬という感情はもはやない、人の幸福を願うだけでね。もう二度と君の前に現われたくないものだね。もし今度、君と会うことがあったら君を祝福する時でありたいものだ。さらばだ。幸福を摑め。己に克ってみろ」

声がだんだん小さくなって、ぷつんと消えると夜更けの静寂《しじま》が回りを覆っていた。

黄色味を帯びた月が今は青い光で地上を照らしていた。

再び夢から醒めたように大きく一つ身震いすると、ブランコから立ち上がった。

「仁丹、聞こえているかい。聞こえていたら返事してよ」

憚るように小さな声で呼んでみた。

「大丈夫、側にいるわ」

聞こえたような気がした。

月をちょっと上目ずかいに見上げるとブランコから手を離し、何事もなかったように小さな公園に背を向けて歩き出した。

【著者紹介】――嵩野眞弓（たかの・まゆみ）
東京・浅草生まれ。
國學院大學卒業。
日本大学大学院卒業。
慶應義塾大学大学院修了。
税理士。
著書『青春の彷徨《さまよい》』（梧桐書院　二〇〇六年）

青春の期節

二〇一一年三月三日　第一刷

著者　嵩野眞弓
企画　アンソニー・クロード
発行人　浜　正史
発行所　元《げん》就《しゅう》出版社
〒171-0022 東京都豊島区南池袋四―二〇―九
サンロードビル2F・B
電話　〇三―三九八六―七七三六
FAX　〇三―三九八七―二五八〇
振替　〇〇一二〇―三―三一〇七八

装幀　唯野信廣　印刷　中央精版印刷株式会社

ISBN978-4-86106-196-7 C0095